駿河騒乱

天下御免の信十郎9

幡 大介

時代小説

二見時代小説文庫

目次

駿河《するが》騒乱——天下御免の信十郎9

第一章　西ノ丸老中の死

一

出羽国《でわのくに》由利郡《ゆりぐん》。人里はなれた丘陵地に一軒の武家屋敷が建っていた。

もとはこの地方を治める地侍の居館であったのだろう。戦国時代に建てられたと思《おぼ》しきその屋敷は、北国の厳しい風雪に晒《さら》されて屋根も板壁も痛んでいた。

由利郡は今は佐竹《さたけ》家の領地となっている。関ケ原の合戦後、家康《いえやす》の命令で常陸国《ひたちのくに》から転封させられた。

館のもとの主は佐竹家に滅ぼされたのか、それとも佐竹の家来となって、佐竹氏の居城が置かれた久保田《くぼた》に移り住んだのか、その消息は良くわからない。

海からの風に吹かれて、雨戸が喧《やかま》しい音をたてている。外から釘で厳重に打ちつけられて開閉ができないようにされていた。

館の周りには鹿垣《ししがき》が巡らされ、佐竹家の武士が見廻っている。外界に通じる道の両脇にも、槍を手にした武士が二人、厳めしい顔つきで立っていた。

近在の百姓たちは、ほとんどこの屋敷には近づかなかった。視線すら向けようとはしない。とんでもない重罪人が押し込められているらしい、と察していたからである。

屋敷に通ってくる者は、台所の世話をする老婆が一人だけ。百姓の寡婦で、耳が聞こえず、口を利くこともできない。もちろん字も書けなかった。この屋敷で何かが起ころうとも、他人に伝える術《すべ》を持っていない。そういう人物だからこそ、屋敷で働くことを命じられたのに違いなかった。

老婆は野菜が入った大きな笊《ざる》を背負って坂道を登ってきた。海からの風が横殴りに吹きつけてくる。老婆は頭にかぶった塵除けの手拭いを目のあたりまで下げた。

槍を持って立つ武士二人に歩み寄り、ちょっと首を竦《すく》めて、そのあいだを通る。二人の武士にとっては見慣れた老婆だ。声をかけても返事もできぬ相手だと知っているので、なんの関心も示さなかった。

老婆はそのまま屋敷の中に入って行った。

雨戸のすべてが閉ざされた館の中は、当然ながら暗かった。しかし古い雨戸には節穴や板の裂け目など、たくさんの隙間が空いていた。そこから外光が射してきて、畳の所々を照らしていた。

老婆は竈《かまど》を覗き込み、灰に埋めてあった炭火を熾《おこ》した。枯れた柴に火をつけて、鉄瓶の湯を沸かしはじめた。

やがて沸いた湯で茶を淹《い》れると、老婆は盆に湯呑茶碗をのせて、奥の座敷へと向かった。

奥座敷では、一人の武士が黙然と座していた。髪は切らず、ひげも剃らず、目ばかりを炯々《けいけい》と光らせている。まるで山から下りてきた天狗のようだ。まさに大魔縁《まえん》の形相《ぎょうそう》だった。

老婆は男の前に座ると、湯呑を黙って差し出した。

この時代のことであるから正座ではない。男は胡座《あぐら》、女は片膝を立てて座る。貧しい百姓女でも粗末な袴を穿《は》いているから、膝を立てても問題はないのだ。

ところがである。この老婆は胡座をかいて座った。そして両手の拳《こぶし》を畳について、深々と低頭した。

どうやらこの老婆、忍びの変装であるらしい。低い声音《こわね》で語りはじめた。

「井上正就《いのうえまさなり》様、ご落命にございまする」

天狗の目がカッと見開かれた。

返事はない。老婆は——低い男の声音のまま語りつづけた。

「江戸城において、目付、豊島信満《としまのぶみつ》様の手によって殺されましてございまする」

「豊島刑部少輔《ぎょうぶしょうゆう》か」

天狗が口を開いた。乾ききった唇のあいだから、かすれた声を搾《しぼ》り出す。老婆は低頭した。

「正就様のご子息のご縁談がことで、豊島刑部様は一方的に破約をされ、大きな恥をかかされたとの由《よし》、伝えられておりまする。その恥を雪《そそ》ぐために正就様を手にかけたと、このように噂されておりまする」

「埒《らち》もないわ」

天狗は一言で吐き捨てた。

「井上は西ノ丸老中ぞ。たかが目付《めつけ》の旗本が、恥をかかされたところで老中を手にかけるはずがない。破約をされたのなら、それを盾にとって井上に談判し、我が身の出世を願えば良いだけの話。井上は愚者ではない。豊島を宥《なだ》める方策ぐらいは立てておったはずじゃ」

「井上様と豊島様との仲を裂いたは、斉藤福《さいとうふく》様だとの由にござる」

天狗はフンと鼻を鳴らした。

「豊島め、斉藤福の――否、その黒幕である天海《てんかい》が仕掛けた罠《わな》にかかりおったな」

「いずれにいたしましても、豊島様はその場にて御自害。江戸城表御殿に、老中様と目付様の骸《むくろ》が並んで転がるという無残なありさま……」

天狗は暫《しば》し黙考してから、質《ただ》した。

「なにゆえ井上は殺されなければならなかったのじゃ」

「井上様は、異国《とつくに》への雄飛の策を、密かに進めておられたとの噂がございまする」

「海の外にか。太閤秀吉《たいこうひでよし》と同じ轍《てつ》を踏まんとてか」

豊臣《とよとみ》政権が海外に領土を求めて兵を出し、無残な失敗に終わったことは記憶に新しい。豊臣家が崩壊したのも、海外派兵の失敗が大きな原因であった。

天狗は目を光らせた。どこを見ているのか、視線の定まらぬ顔つきでつづけた。

「井上め、余剰の武士を海の外に捨てようと謀《はか》ったのか」

戦国の世が終わると同時に、全国の大名家が抱えた大量の武士と足軽が無用の存在になった。

秀吉が海外雄飛を目指したのも、働き場を失くした武士や足軽に、新たな仕事（戦場）を与えるためでもあったのだ。

しかし海外派兵は失敗した。大量の武士が日本国に戻ってきた。行き場を失くした武士たちは、とりあえず、日本国内の大大名を責め潰《つぶ》して、その領地を分捕ろうと考えた。

その世情を見事に摑んで我が物としたのが徳川《とくがわ》家康である。不満分子の武士たちを先導し、天下分け目の大戦を演出した。それが関ケ原の合戦である。

関ケ原に勝利した大名と武士たちは、所期の目的を果たした。大陸や半島の代わりに、日本国内に新たな領土を手にしたのだ。

しかしである。敗北したほうの大名家とその家臣たちは、まるまる浪人の身分に落とされてしまった。余剰の武士や足軽たちが主導して起こした戦争に負けたのだから、日本国内に分捕れる領地などはない。

行き場を失った浪人たちは日本全国を流浪《るろう》しはじめた。ただの浮浪者などではない。武器を取らせれば一騎当千の強者《つわもの》たちだ。

「……浪人の処遇は、徳川家にとっては大きな難題」

天狗が遠い目つきで呟《つぶや》きつづける。

「井上は、浪人どもを海の外に捨てようと考えたのじゃな」

納得の行く答えが出て、天狗は「うむ」と頷《うなず》いた。だが、すぐに首を傾げた。

「ならばなにゆえ、斉藤福が邪魔をする」

忍びは黙って座っている。天狗の考えが纏《まと》まるまでは、口を挟むつもりはないらしい。

ふいに、天狗の両目がギラリと光った。そして老婆を睨みつけた。

「その異国への軍勢の主将は、よもや、駿河大納言《するがだいなごん》だったのではあるまいな」

忍びは答えた。

「そこまではわかりませぬ。井上様と、大御所《おおごしょ》様の御内意でございますれば、本丸老中様がたも量りかねておられるご様子にて……」

「主将は駿河大納言に相違あるまい。ならばこそ、福と天海は、井上を殺さねばならなかったのだ」

「左様でございまするか」

「今、世に溢れたる浪人どもは、その数、十万とも二十万とも言われておる。その者どもが駿河大納言の許に集まったら、どうなると思う」

「海の彼方に徳川の御領地が広がりましょう」

「そう都合よく事は運ばぬ」

天狗は断言した。

「駿河大納言忠長《ただなが》めが欲しておるのは、異国の領地ではない。この日本国の、将軍の座だ」

なにゆえか天狗は意味ありげに笑った。

「浪人衆を従えた忠長は、江戸の家光《いえみつ》に攻めかかろうぞ」

忍びは、感情を抑えた低い声音で訊《たず》ねた。

「またぞろ、天下分け目の合戦となりましょうか」

「関ケ原のみぎりとは異なる。大名どもは好んで戦《いくさ》に関わってまいるまい。徳川の兄弟争いを虎視眈々《こしたんたん》と眺めておるばかりだ。徳川宗家と駿河家がともに弱ったと見てとれば、兄弟ともに討ち滅ぼすべく攻め込んでまいろう。徳川宗家と駿河家は共倒れになり、伊達《だて》か、前田《まえだ》か、島津《しまづ》か、それとも肥後《ひご》の加藤《かとう》か、いずこかの大大名が、新たに覇権を打ち立てるに相違あるまい」

「それは恐ろしゅうございまする。東照神君様《とうしょうしんくん》が開闢《かいびゃく》なされた幕府が覆《くつがえ》るとは……。ご兄弟の喧嘩、どうあっても防がなければなりませぬな」

天狗は低い声音であざ笑った。

「何を申す。その真逆ぞ」

忍びが不審そうに見つめ返すと、天狗は、今にも高笑いを響かせそうな顔つきでつづけた。

「この話、面白い。忠長めと家光とを煽《あお》り立てれば、徳川の社稷《しゃしょく》を焼き尽くすような大火となって燃え広がるに相違ない」

天狗は忍びをギロリと睨んだ。

「そもそも、徳川の天下を造った者は誰じゃ。家康に勧めて天下を取らしめたのは誰じゃ。我が父、本多正信《ほんだまさのぶ》ではないか。そして徳川の世を安寧ならしめたのは誰じゃ。駿河の大御所様にお仕えした、我ら、駿府年寄衆ではないか」

家康は駿府の隠居城から全国に号令し、天下を統治していた。駿府政権を支えていたのが、家康側近の年寄たちであった。

天狗の声が甲《かん》高く昂《たかぶ》っていく。

「しかるに秀忠、家光の父子は、そしてその側近の江戸老中どもは、大御所様亡きあと、駿府老中に対しことごとく冷たく当たった。徳川幕府を造った老職への礼もない！　天下の主に相応《ふさわ》しからぬ振る舞い！　この没義道《もぎどう》、けっして許してはおけぬ！」

天狗は禍々《まがまが》しい視線を天井のほうに向けた。もはや目の前の忍びに向かって語っているのではない。

「この火の手を、大きく大きく煽りあげ、徳川の社稷もろとも、家光、忠長の兄弟を焼き尽くしてくれようぞ！」

天狗——元は駿河老中筆頭であった本多正純《まさずみ》は、そう言い放ったのであった。

二

土井大炊頭利勝《どいおおいのかみとしかつ》は、一ツ橋御門内にある上屋敷の、中奥書院に一人で座していた。

夕陽が没した。小姓が燭台を持ってきて、書院の中に火を灯した。

小姓が去ったあとも、土井利勝は無言で膝の前に目を落としていた。険悪な面相で睨みつけている。畳の上には数枚の書状が広げられていた。

風が吹き込んできたらしい。燭台の炎がジリッと音をたてて揺れた。

廊下を進んできた家来が、書院の前で跪《ひざまず》いた。

「申し上げます。酒井雅楽頭《さかいうたのかみ》様、お越しにございまする」

利勝はようやく顔を上げた。そしてその特徴的な巨眼を家来に向けた。

「ここに、お渡りいただくように」

家来は「ハハッ」と答えると、表玄関に戻って行った。

今度は重々しい足音が響いてきた。

小姓が膝行《しっこう》して、障子を開けた。酒井雅楽頭忠世《ただよ》が肥えて弛《ゆる》んだ大きな顔を覗かせた。

太った身体を揺すりながら書院に入ってくる。青畳に腰を下ろして、軽く低頭をよこしてきた。

「今夕は、お招きかたじけない」

そう言いながらも顔つきは憮然としている。利勝に呼びつけられたことが業腹《ごうはら》なのであろう。

「して、いかなるご用向きでござろうかな。晩餐を共にしたいとの御口上だが、見たところ、膳の用意もないようだが」

利勝は、酒井忠世の皮肉にはまったくつきあおうともせず、いたって無表情に目を向けた。

「夜分、急にお呼び立てした無礼はお許しあれ。江戸城の御殿では、どうにも話せぬ事柄でござってな」

「ふむ」

酒井忠世は何事か覚《さと》った顔つきで頷いた。

江戸城の御殿には大名の世話をするお茶坊主や、庭先を掃除する黒鍬ノ者《くろくわのもの》などが働いているが、それらの者たちは一人残らず誰かの密偵だと考えなければならない。御殿内で迂闊《うかつ》に大事を語れば、その内容はお茶坊主や黒鍬ノ者の耳に入り、彼らの口から外部に漏れる。

利勝もお茶坊主たちには金銭を与えて手懐《てなず》けている。自分が使う分には便利な耳目《じもく》となってくれる者たちなので、取り締まることもできなかった。

忠世は、利勝の膝前に広げられた書状にチラリと目を向けた。その表情が利勝にすこし似ている。

似ているのも当然で、この二人は、父を同じくする異母兄弟。その父親とは誰を隠そう、徳川家康その人であったのだ。

巨大な両目とそれを覆う分厚い瞼《まぶた》。ふくよかに垂れた頰などは、まさに家康から受け継いだ特徴だ。生前の家康を知る者ならば、誰もがその相似《そうじ》に気づくに違いない。

だがそれは公然の秘密である。二人は生まれる前に徳川家から出された。家康は自分の子を宿した側室を、徳川家から追い出したのである。

土井利勝は〝一歳年上の兄〟である酒井忠世の膝の前に、書状の一枚を差し出した。

「これは?」

忠世は眼を細めて凝視する。

そしてギョッと巨眼を剝《む》いた。

「こ、これは……！　いったい、何事にござろうか！」

うろたえた表情を利勝に向ける。利勝は渋い顔つきで頷いた。

「左様、これをなんと称すればよいものやら……、例えて申すならば、浪人どもの血判状でござろうか」

「血判状！　しかも、浪人どもの……！」

忠世はますますうろたえて身を乗り出してきた。

「このような物、いったいいずこで手に入れられた！」

「先日、不慮の死を遂げられた井上正就殿。その御遺品の中に、これらの書状がござったのだ」

「井上殿が、なにゆえこのような」

忠世は暫時唸ったあとで質した。

「この件、大御所様は、ご存じなのか」

「うむ。おそらく」

老中二人は言葉もなく黙り込んだ。

二人にとっては秀忠《ひでただ》は腹違いの弟だ。秀忠はこの年、四十九歳。忠世は六十六、利勝は六十五歳であった。

秀忠は将軍職と江戸城本丸を家光に譲り、江戸城西ノ丸に下がって、大御所と呼ばれている。家康が駿府で大御所政権を維持していたのと同じように、西ノ丸から天下に号令をかけている。家康時代と違うことは、同じ江戸城内なので意志の疎通がしやすいことと、表向き、家光の顔を立てて、その体面を踏みにじるような真似をしない、ということであろうか。

しかし、当の家光は放縦というのか、無邪気というのか、この年二十四歳、将軍位に就いてから五年になるというのに、一向に身持ちが定まらない。

家臣の家に養子に出され、辛酸を舐めた老中二人の目には、なんとも幼稚な餓鬼に見えてしまうのだ。

老中二人の苦労は絶えない。他人ではない、甥《おい》だと思うから真摯《しんし》に家光を支えているのだが、愚かな甥に振りまわされることも多々あった。

家光は将軍である。本人に自覚があるのかどうかは怪しいが、今の日本国は徳川将軍が担いでいるのに等しい。家光がフラフラとしていたら日本国そのものが倒れてしまう。

老中の二人はまったく目が離せない。家光の代わりとなって国政に断を下したことも、一度や二度ではなかった。

(そのせいで、西ノ丸への目配りがおろそかになってしまったのだ)

利勝は内心、臍《ほぞ》を嚙んだ。

(大御所様が、我らの与《あずか》り知らぬところで、このような策を巡らしておったとは)

なぜ一言相談してくださらぬ、とは思わない。相談をされたら強固に反対し、裏からも手を回して、必ず潰していただろう。

利勝がそう出てくるだろうということを、大御所秀忠も読んでいる。だから利勝たちには何も知らせずに、事を進めようとしているのだ。

「して、この件、どうなさる、大炊頭殿」

忠世が訊ねてきた。利勝は感情を読み取られぬように瞼を細めて、問い返した。

「雅楽頭殿のご心中やいかに」

すると忠世は、利勝には意外な物言いをした。

「悪くはないと思っておる。浪人どもの仕置きは、我らにとっても喫緊《きっきん》の大事。海の外に送り出すというのも、あるいは名案かもしれぬ」

「なれど」と、いったん間《ま》を置いてから、忠世はつづけた。

「駿河大納言様を頭に頂くのは、よろしからず」

「いかにも。大炊頭、同意にござる」

二人の元老は大きな溜め息を漏らした。

「この件、事が大きくなれば、徳川の屋台骨をも揺るがしかねぬ」

忠世が言った。利勝にすれば言われるまでもないことだ。しかし黙って忠世に喋らせつづけた。

「大納言様が大軍を手に入れたときに何が起こるか……。おとなしく異国に出兵するとは思えぬ。かの御仁は必ずや将軍職を窺うであろう。この江戸に攻めて来る。そのような暴挙、けっして許されてはなるまい」

忠世は利勝の眼を覗き込んできた。

「して、大炊頭殿、この暴挙には何者が与《くみ》しておるのでござろうな。井上が引き込んだ大名どもがおるはず。海外に兵を進めるなら、大船を造って操ることの適《かな》う大名どもの力を借りねばならぬ。畢竟《ひつきよう》、西国の外様《とざま》大名じゃ。島津か、毛利《もうり》か、黒田《くろだ》か、あるいは肥後の加藤か」

利勝は「左様――」と答えたきり、即答を避けた。

「炯眼《けいがん》で知られる大炊頭殿のことじゃ。薄々と尻尾を摑んではおられるのであろう」

忠世はフンと鼻息を吹いた。

「非才のそれがしは、国内の仕置きで手一杯でござる。この件、大炊頭殿にご一任いたしたいが」

　酒井雅楽頭忠世は筆頭老中として、日本国の統治を担当していた。また、忠世の性格からして、陰謀を逞《たくま》しくすることは苦手であった。

　利勝も多忙な毎日ではあったが、自分が父親譲りの陰謀家であることを自覚している。それになにより、このような大事は自分の目の届くところにおいておきたかった。

　忠世の申し出は渡りに船だ。

「いかにも、徳川のため、ひいては天下万民のために尽くす覚悟でござる」

　忠世は大きく頷いた。

「左様ならば、お頼みいたす」

　忠世は「しからば、これにて」と、腰を浮かしかけて、また、座り直した。

「大名どもの動きから目が離せぬのは当然として、身内の動きからも、目を離してはなりますまいぞ」

「と、仰《おお》せられると？」

「斉藤福じゃ」

忠世は吐き捨てるように言った。

「あの者、上様の〝御身お大事〟で頭が凝り固まっておる。先手を取って駿河大納言様を攻め潰す、ぐらいのことは言い出しかねない。勝手に戦など起こされてはたまらぬ」

家光が忠長に攻めかかっても結果は同じだ。どちらも天下分け目の戦になる。

「いや、これは申すまでもなきことでござった。このような道理に大炊頭殿が気づいておられぬわけがない」

忠世は腰を上げた。

「しかとお頼み申したぞ」

忠世は書院から出て行った。

一人残された土井利勝は、巨眼の瞼を閉じて、いつまでも黙考しつづけた。

三

駿河は夏の盛りであった。海岸線を伸びる東海道は、所々が砂浜のままで、夏の陽光を浴びてジリジリと熱を放っていた。

信十郎《しんじゅうろう》は塗笠を目深《まぶか》に被り直した。

真っ青な海が目に染みる。波が立つごとに水面が煌《きら》めく。

「暑いの」

信十郎は、滅多にないことに、そう呟いた。

「そら暑いわ。夏だからな」

斜め後ろを歩いていた鬼蜘蛛《おにぐも》が、ぶっきらぼうに答えた。

「そうか、夏だから暑いか」

信十郎は、やや自嘲を含んだ顔つきで笑った。

「若い頃は、暑いのも寒いのも、やけに楽しくて仕方がなかったような、そんな気もするのだが……」

「熱さ寒さが身にこたえるようになったのは、歳をとったせいや、言うんか」

鬼蜘蛛がまた、憎々しい口利きをした。

信十郎は悲しげに笑った。

彼が悲しげな顔を見せたのは、江戸を出る前に面会した秀忠が、目に見えて衰えていたからである。

秀忠は参拝を名目にして西ノ丸を出て、芝の増上寺《ぞうじょうじ》に入った。そして休憩のための庵《いおり》に入ったところで、信十郎と面談した。

信十郎は顔には出さなかったけれども、秀忠の面《おも》やつれの激しさに驚いた。

歳はまだ四十九歳。人生五十年と言われた時代だが、病気さえなければ、まだまだ男盛り、精力的に働くことのできる年齢である。現に父親の家康は七十を過ぎても矍《かく》鑠《しゃく》として、天下の権を握っていた。

しかし秀忠は顔色も悪く、肌にも張りと艶が感じられない。額や目尻、口許の皺も深い。顔じゅうが皺だらけになってしまったのは、急に痩せて顔全体がしぼんでしまったからであろう。そのうえに老人斑まで浮かんでいる。五十前の年格好には到底《とうてい》見えない老けようであったのだ。

(大御所様は、病に取りつかれておられるのではないか……)

信十郎はそう見て取った。

(死病でなければ良いのだが)と、そこまで思った。

ところが秀忠は、見た目とは裏腹に、いたって快活な笑顔を向けて、朗《ほが》らかに語りかけてきた。

「いよいよ唐《から》に兵を送ることに相成った」

挨拶もそこそこ、いきなり切り出してきた。

「案じられていたのは、西国の外様大名の腹の内じゃ。かの者どもに大船を造らせ、合力《ごうりき》させなければ、異国に兵を送ることもできぬ。だが、その心配もなくなった」

一気に捲《まく》し立てる。血の気の感じられないその顔の、瞼の内ばかりが紅潮してくる。本人は胸を弾ませているのかもしれないが、いささか痛々しくも見える姿であった。

「珍元贇《チンゲンピン》という唐の高僧の口利きでな。明国人《みん》が船を仕立ててくれることになったのじゃ」

信十郎にとっては説明されるまでもない話であった。珍元贇も、船を仕立ててくれるという明国人も、周知の仲だ。

珍元贇は明国の高僧で、明国救済の兵を求めて日本国に渡ってきた。明国は只今、女真族《じょちんぞく》との戦争の真っ最中である。苦戦を強《し》いられ、日々国土を蚕食《さんしょく》されていると聞く。

明国軍が弱体化した原因は、秀吉が派遣した日本軍との戦争で多くの兵を喪失したからだ。それゆえ北方騎馬民族の侵攻を防ぐことが難しくなった。

明国にとっては日本こそ憎むべき敵であるはずなのだが、徳川家は豊臣家を攻め滅ぼした政権だ。『敵の敵は味方』という理屈が成り立つわけである。明国と徳川政権との関係は良好で、明国は救国の援軍を徳川家に求めてきた。

「故太閤殿下は、異国に友邦も持たず、四方を敵に囲まれた中で兵を送られたが、此《こ》度《たび》は違う。明国が土地も城も貸す、糧食《りようしよく》も用意いたすと申し出てまいった。この戦、勝算がござるぞ」

意気込んで信十郎に語りかけたところで、「あッ、しもうた」と秀忠は言った。

「波芝《なみしば》殿が、故太閤殿下のお子であることを、ついうっかりと失念してしもうたわ」

信十郎は微笑《ほほえみ》を含んで「かまいませぬ」と答えた。

「顔すら見覚えぬ父でござれば」

本音でもあり、また、いかに実父のしたこととはいえ、無益な戦で多くの人々を苦しめたことを、肯定する気にもなれなかった。

しかし、と信十郎は思った。以前の秀忠であれば、こうした失言はしなかった。秀忠は家康の御曹司ではあるが苦労人である。秀吉の許に人質として送られたこともある。そしてなにより天下の統治者として、おのれの発言には十分に気を配る男でもあった。

（これも衰えか……）

信十郎の心に暗い影が兆《きざ》す。

秀忠はあくまでも快活に、頼もしげに語りつづける。

「駿府の忠長の許に珍元賛師が訪ねておる。波芝殿、会ってゆかれよ。唐に兵を送る際には波芝殿に大きな働きをしてもらわねばならぬ。陳師と会って、忠長も交えて、唐入りのことなど、評定《ひょうじょう》してきてくだされよ」

信十郎は「心得ました」と答えた。

秀忠には大御所としてやらねばならぬ政務が山積している。間もなくして小姓が迎えにやってきて、信十郎との会談は短い時間で切り上げられた。信十郎の膝の前に置かれた茶は、ほとんど冷めてはいなかった。

信十郎は駿河の海岸を歩きながら、そのときのことを思い返している。

（ついに大御所様は、井上殿の凶事を口になされなかった）

秀忠の腹心として唐入りを進めてきた井上正就は、こともあろうに江戸城内の御殿で殺された。井上は西ノ丸老中である。こんな大事が隠し通せるわけもない。武士に限らず商人や職人の端々まで、この凶事を耳にしていた。

秀忠にとっても大きな衝撃、そして痛手であったことだろう。唐入りそのものが頓《とん》挫《ざ》しかねない大事であった。

（大御所様は、それでも唐入りを推《お》し進めようとなさっておられる）

愛する二人の子供たちを守るため——秀忠はそう口にしたことがある。自分が死ねば、必ずや二人は衝突する。下手《へた》をすれば戦となる。子を見ること親に如《し》かずという謂《い》いもある。秀忠は誰よりも二人の息子たちの気性を知っていた。

されぱこそ、忠長を海外に送るつもりになったのだ。そしてその軍勢として全国に犇《ひし》めく浪人たちを使う。関ケ原の合戦と大坂の陣で発生した大量の浪人たちは、徳川の治世の犠牲者でもある。彼らの身の立つように図ってやることは、徳川家の責任でもあった。

(大御所様は一歩も引かぬお覚悟だ)

井上元就の死すら、すでに乗り越えたのに違いない。

(そして、井上殿の肩代わりを、わしにやらせようとしておられるのかもしれぬな)

信十郎は苦笑した。

もっとも、信十郎としても、海外雄飛は望むところだ。日本国に居場所がない者といえば、秀吉の遺児の自分こそが筆頭だ。

それになにより、信十郎の気性が、この狭い日本国に閉じ込もっていることを好まないのだ。

(菊池《きくち》のこともある)

古代からつづく名族も、天下が収まれば邪魔に見られることも出てくるはずだ。海外との交易で菊池一族が栄えるのならばなによりのことであった。

秀忠との面談で重たい気分になった信十郎であったが、その前途はあくまでも洋々として、この駿河の海のように明るく輝いていた。

松原の向こうに町が見える。駿府城の天守閣が、真っ白な壁をさらに眩しく輝かせていた。

駿府城には、巨大な船入《ふないり》（運河）があった。駿府城の東には清水湊《みなと》があるのだが、清水湊と駿府城の堀は長い運河で接続されていたのだ。駿府城に集められた軍兵を、船に乗せて素早く出兵させることができる。

この構想を進めたのは大御所時代の家康であった。家康は信長や秀吉に倣《なら》って、海外雄飛を夢みていた。オランダ人航海士のヤン・ヨーステンや、英国人航海士のウィリアム・アダムスなどを家臣に従え、居城である駿府城を、巨大な海軍基地に造り替えようとしたのである。

信十郎はその駿府城に、大手門から堂々と乗り込んだ。

信十郎は表向きには、秀忠に仕える旗本――ということになっている。さらには忠長の窮地を何度も救った経験もあった。そのため、忠長の側近たちからの信頼も厚い。城門を守る兵たちも、信十郎の顔と名をよく覚えていた。

鬼蜘蛛もいつの間にか武士らしい装束に着替えている。ちゃっかりと信十郎に従って、駿府城に踏み込んだ。

二人は忠長の小姓に案内されて、本丸御殿へと進んだ。駿府城は家康の居城として築かれただけのことはあり、ある意味では江戸城本丸御殿よりも格式が高く造られていた。

御殿の畳廊下を歩いていると、向こうから朝倉筑後守宣正《あさくらちくごのかみのぶまさ》が迎えに出てきた。

「これは波芝殿、よくぞまいられた」

折り目正しく挨拶をよこす。駿河徳川家五十五万石の附《つけ》家老で、自身も掛川《かけがわ》二万六千石の城主だというのに、奢《おご》った気振りはまったくない。

六十代の老将である。戦国生き残りといっても良い。もとは越前の国持《くにもち》大名、朝倉《あさくら》家の分家であったのだが、その朝倉家は織田信長と徳川家康の連合軍によって滅ぼされた。宣正は落ち武者となって、徳川家に身を寄せたのである。人情の険《けわ》しい戦国時代のことだ。嫌がらせや差別に晒されたことは想像に難《かた》くない。

そのために、殺伐としたこの時代には珍しい、人格の良くできた、謙虚な人柄であった。信十郎には、主従揃って命を救われている。しかも秀忠の側近だと信じている。扱いに遺漏《いろう》はまったくなかった。実に丁重な物腰で挨拶してきた。

「大納言様がお待ちにござる。近頃めっきり上機嫌でござってな」

宣正の顔に笑顔が浮かんだ。

気まぐれで短気な忠長に振りまわされてばかりいる附家老だ。忠長の機嫌が良いのはなによりのことであろうと思われた。

いずれにしても、こんなに穏やかな宣正を見るのは初めてだ。信十郎もなにやら喜ばしい気分になってきた。

信十郎は宣正自らの案内で、駿府城本丸御殿の広間に向かった。

駿府城の大広間もまた、家康のための格式で造営されている。生前の家康は広間の最上段に鎮座して、全国の諸大名を引見していたのだ。

大広間は、最上段である上ノ間と、一段下がって中ノ間、敷居を隔てて下ノ間に分かれている。さらに二ノ間、三ノ間が付随されていた。

上ノ間の天井は〝二重折上格天井《おりあげごうてんじょう》〟という造りで、これは将軍にしか許されない格式だ。大納言忠長は、本来将軍にしか座ることの許されない場所に堂々と腰を下ろして、信十郎の入来を待っていた。

「おう、波芝。来たか！」

広間に入るなり、忠長の声が降ってきた。活力に溢れた声音で、その顔も歓喜に溢れていた。

信十郎はまだ着座もしていない。立ったまま足を止める格好になった。信十郎は思わず苦笑した。

信十郎の記憶の中の忠長は、極度の癇性で、いつも苛立たしげな、険しい面相をしていた。こめかみには青筋を立てて、甲高い声で人を怒鳴りつけてばかりいたのだ。

（それが、このご機嫌ぶりはどうしたことであろう）

晴れがましげな笑顔を満面に貼り付け、白い歯を見せて笑っている。心が浮き立ってかなわず、居ても立ってもいられない――とでもいうような姿だ。

（異国に討って出ることが、よほどに嬉しいらしい）

従う者は浪人衆とはいえ、万余の軍勢を率いての進軍だ。まさに将軍、日本国の大将軍である。

忠長は物心ついたときから、将軍の座を熱望してきた。その夢が、とうとう叶うのである。忠長の得意や思うべし。信十郎まで、ついニヤニヤとしてしまいそうになるほどだった。

朝倉宣正が、中ノ間の敷居近くに腰を下ろして、苦い顔をした。

「波芝殿がご着座になる前にお声をかけられるとは、不作法が過ぎまするぞ」

老人だけあって口うるさい。

普段の忠長であれば、老臣であろうと容赦はない。凄まじい形相で睨み返すところなのだが、今日ばかりは笑いながら片手を振った。

「戦場においては、行儀作法などと言ってはおれぬ。爺も早く、戦陣での仕来《しきた》りに慣れることだな」

などと諧謔《かいぎゃく》を飛ばしての、上機嫌ぶりであった。

信十郎は忠長の人変わりを面白そうに眺めつつ腰を下ろした。

（これが信長公の血であろうか）

忠長を見つめながら思う。

忠長の生母は織田信長の姪《めい》。この時代にはまだ、生前の信長を知る老人が生きている。たとえば朝倉宣正など。

彼ら、老人たちに言わせると、忠長は気性も風貌も信長に瓜二つなのだという。

織田信長は、些細なことで人を手討ちにするような凶暴さを秘めていたが、しかし、戦場で見せる颯爽《さつそう》たる姿は、まさに男惚れするものであったという。

(生来の戦好きなのだ。信長公も、忠長殿も)

太平の世に生まれた忠長は、その激しい気性を抑えつけられて育った。戦場で雄叫《おたけ》びを上げたくとも、そのような機会はどこにもない。

忠長の気性を知る者は、その気性を恐れた。戦場がないのなら、自らの意志で戦を始めかねない。そういう剣呑《けんのん》さが忠長にはあった。

ようやく戦国の世が終わりを告げ、天下万民が安心して暮らせる日本国になったのに、忠長の暴走で逆戻りしてはたまらない。忠長の処遇をどうするかは、家光の側近(酒井忠世や土井利勝)ばかりではなく、実父の秀忠の頭をも悩ませる問題であった。

(しかし、これですべてが上手《うま》く運ぶはずだ)

信十郎はそう確信した。忠長は念願の将軍となって異国に赴く。

信十郎が到着したという報せが御殿じゅうに伝わったらしい。別室から何人かの足音が近づいてきた。信十郎は大御所秀忠の内意を伝えに来る者——という名目になっている。

最初に入ってきたのは、黄色の僧衣をつけた僧であった。信十郎より少し上座(忠長寄り)に、襖を背にして座った。この座る位置から、忠長の側近といった雰囲気が伝わってきた。

僧は、背筋を垂直に立てたまま、音もなく腰を下ろした。見事な作法である。前を向いた顔は丹精に整い、高い鼻筋が印象的だ。

その横顔を見て、信十郎は「あっ」と小さな声を漏らした。僧侶が一瞥を向けてくる。そして僧侶もまた、眼を見開いた。

「なんじゃ、そのほうたち」

忠長が驚いた声をあげた。

「すでに見知っておったのか」

今度はやや、不満そうな声だ。

自分が紹介して仲を取り持ってやろうと目論《もくろ》んでいたのに、すでに知り合いでは、同席させた甲斐もない。

僧侶――珍元贇は、忠長に向き直って平伏した。異国人だが、すでにして日本国の、畳の上での礼法を完璧に身につけている。

「我が国におきまして、一度、お目にかかってございまする……」

わずかな訛《なま》りが感じられるが、日本国の言葉も流暢《りゅうちょう》に操った。

「ほう？」

忠長は訝しそうに眉根をすこし寄せた。

「明国で、会ったたと」

信十郎にも目を向ける。

「そなた、明国に赴いておったのか」

日本国を勝手に抜け出して、明国の国境で女真族と戦っていた、などという話を聞かせて良いものかどうか、信十郎はすこし迷って口ごもった。

代わりに珍元贇が答えた。

「大御所様の、明国の戦況へのご感心、並々ならぬものがおありにございまする。お旗本を送られ、物見《ものみ》をお命じになられたのに相違ございませぬ。異国への備えも万端。拙僧、感服つかまつりましてございまする」

「なるほど、父の命《めい》を受けて、明国に行っておったわけか」

物見とは偵察のことである。どうやら珍元贇も忠長も、そのように誤解をしたらしかった。

珍元贇も、信十郎のことを秀忠の側近だと思い込んでいるらしい。珍元贇は、秀忠が明国の戦に関与する気があると誤解して、いたく満足した様子であった。

そこへ、もう一人の客が入ってきた。大紋を着けた武士――すなわち大名だ。信十郎はサッと平伏した。

大名は、中ノ間に腰を下ろした。上ノ間の忠長に向かって平伏する。大将軍の忠長に謁見するような格好だ。信十郎は面《おもて》を伏せているから見えないが、忠長はさぞ、得意気な顔をしているのに違いなかった。

「肥後守《ひごのかみ》殿、面を上げられよ」

忠長が上機嫌に命じた。大名が「ハッ」と答えて上体を起こした。

「肥後守殿、今日は面白き男をお引き会わせいたそう。父の旗本での」

今度は信十郎に向かって、「波芝。面を上げィ」と命じた。

信十郎は挙措正しく顔を上げて——不作法にも「あっ」と声を漏らした。

大名のほうもギョッとして顔色を変えている。

「な、なにゆえ、ここに……」などと呟いた。

「なんじゃあ！　またしてもそのほうら、知り合い同士か！」

一度ならず二度までも目論見が狂ってしまい、忠長はさすがに気色《けしき》を変じた。面相に険悪な青筋が立った。

すかさず朝倉宣正が口を挟む。忠長の気性を知り尽くしているので、取りなしが早い。

「さすが、波芝殿は大御所様のご側近！　諸大名ともご昵懇《じっこん》とは、まことにもって頼もしい限り」

　忠長に笑顔で向き直る。

「この大事に当たって、波芝殿のような才人をお付けくだされた大御所様のご厚意、有り難きことと存じまする。大納言様を大事に思う親心が偲ばれまするぞ！」

「うっ、むう」

　なるほど、という顔をしてから、信十郎に目を向けた。

「それにしても波芝。そのほう、わしが思った以上の大人物よな」

　信十郎としては〝ほんとうのこと〟を口にするわけにもゆかず、ただただ平伏して見せるよりほかになかった。

（それにしても、なにゆえ、肥後守殿がここにおられる）

　チラリと横目で大名――肥後五十二万石の太守、加藤肥後守忠広《ただひろ》を見た。

　肥後守忠広は加藤清正《きよまさ》の三男である。長男と次男が相次いで夭逝《ようせい》したことから、加藤家の後継者となった。

　信十郎は加藤清正の猶子《ゆうし》である。猶子とは相続権のない養子のことだ。名目上は肥後守忠広の兄、ということになる。忠広と信十郎が互いに気づいて驚いたのも無理からぬところであろう。とくに忠広は、信十郎は領内の菊池ノ里にいるものだと信じていた。それなのに突然〝大御所秀忠の旗本〟という肩書で登場した。忠広の衝撃は計り知れない。引きつった顔つきでチラチラと、信十郎に横目を向けてきた。

一方、我が儘勝手な殿様育ちで他人の感情を読みとる習慣などまったくない忠長は、上機嫌さを取り戻し、肥後守忠広に向かってあれこれと語りかけてきた。

「珍師の口利きでの、大船を持つ明国人の海商の力を借りることになった。ひいては、熊本の湊を明国海商に貸してやって欲しいのだ」

「さ、左様でございまするか……」

その動揺の意味を読み違えたのか、珍元贇が涼しい顔で言う。

「救国の一戦でござれば、海商どもも骨身は惜しみませぬ。湊をお借りしても、乱暴な振る舞いに出ることはございませぬ」

海商と海賊の区別のつかない時代である。

「我が明国と日本国は、つい先年まで戦をしておりましたが、こたびの御出兵は明国をお救いくださる義戦にございまする。明国人が日本人に仇成《あだな》すことなど、けっしてございませぬので、ご安堵くださいませ」

肥後守忠広は、別段、明人倭寇《わこう》を恐れてなどいない。この当時はまだ、渡海禁令（いわゆる鎖国令）は出されていない。肥後加藤家も明人倭寇を使い、海外貿易で利を得ていた。明人倭寇を恐れるはずがないのである。

忠広が動揺しているのは、ただただ、そこに信十郎がいる理由が理解できないからであった。

(肥後守殿はお若い……)

信十郎は思う。

加藤清正であれば、信十郎の一挙手一投足から目を離すものではない。必ずや厳しい監視をつけたであろう。

(肥後守殿の油断だな)

自分が勝手に出歩いておきながら、信十郎は肥後守忠広の抜かりぶりを、心許《こころもと》なく思った。

清正が死んで加藤家の当主となったときには、まだ十一歳の少年であった。戦国の遺風が残り、武士たちが己の矜持《きょうじ》のために血刀を振りまわして憚らなかった時代、少年大名では国は治まらない。案の定、大規模な内紛が勃発した。これが『馬方牛方騒動』である。

事態を憂慮した幕府は、藤堂高虎《とうどうたかとら》に命じて加藤領を統治させた。藤堂高虎は秀吉の弟、秀長《ひでなが》に仕えていた大名だ。よその大名に統治を肩代わりしてもらったのである。

こんな格好の悪い話はない。肥後守忠広は〝加藤清正の不肖の息子〟という悪名をかせられることとなった。

（あの騒動、たんに肥後守殿がお若かったから、というだけの理由ではないのかもしれぬ）

忠広の領内統治は、忠広の成人後もうまく運んでいない。菊池一族が好き勝手に振る舞っているのも、領主であるはずの加藤家の統治が緩いからだ。

（しかも……、肥後守殿は、将軍家代替わりの際に、忠長殿に与《くみ》したと聞く）

忠長を三代将軍に押し上げようとする勢力内において、重要な地位を占めていたという話だ。

それもこれも時勢が読めない、二代将軍であった秀忠の真意を読み取ることができないがゆえの失態であろう。家光が将軍となった今、肥後加藤家は微妙な立場に置かれていた。

それとは逆に忠長は、かつて与党となってくれた肥後加藤家と忠広を、無二の忠臣だと考えているらしい。

「この一戦では肥後守殿に、副将を務めていただくつもりでおるぞ！」

などと威勢よく締めくくった。

忠広は、額に汗を滲ませ、動揺を面に出したままで平伏した。

信十郎はこのとき、この壮挙に暗い影が差したのを感じた。

（加藤家と肥後守殿を巻き込んでしまって良いものか……）

清正には育ててもらった恩義がある。秀吉の遺児の命を狙う者は多かった。それらの刺客から守り通してもらったのだ。

（今度は加藤家と肥後守殿を、わしが守り通さねばならぬ）

信十郎はそう決意した。

四

城を出る頃には、すっかり日が暮れていた。

信十郎と鬼蜘蛛は、朝倉宣正の屋敷に泊まるようにと勧められたのであるが、二人はそれを断って城外に出た。

「さて、どこに泊まるといたそうか」

信十郎は夜空を見上げた。忍びとして育てられた二人は、野宿を苦にしない。逆に、城の中のほうが剣呑に感じる。堀に囲まれた廓《くるわ》は、いざというときに逃げ場がないからだ。

「それにしても、駿河の府中も大きな町になったものだ」

城の周囲には武家屋敷が、街道に沿っては町人地や旅籠が建ち並んでいる。町の西端は安倍川に接していて、舟運のための湊も栄えていた。

日が暮れたというのに、旅をつづける旅人も多い。

江戸の商家は出店が多くて、本店を京や大坂に置いている。上方《かみがた》の大旦那様の指示を仰ぐため、大福帳を携えたお店者《たなもの》たちが東海道を行き来している。あるいは、木曽の御用木などを買い付けに行く者であろうか。江戸で必要な物資を調達するために、江戸の商人たちは日々、東海道を駆け回っていた。

「夜だというのに、たいしたものだ」

商売のためなら夜道も苦にせぬ、恐れはせぬということか。商売敵を出し抜くためには一つでも先の宿場へと進みたいのかもしれない。

「商人が夜中に旅ができる。それだけ世の中が太平になったということだ」

信十郎はふたたび駿府の町家に目を向けた。

戦で町を焼かれる心配がなくなり、商人たちは大きな商家を競い合って建てはじめた。略奪される心配もいらないので売り物も多く運んで来るし、店の中に並べている。かくして商業は盛んになり、大金が動いて、ますます町は栄えゆくという寸法だ。

「それもこれも秀忠殿の徳だ。尊いことだ」

信十郎がそう呟いたそのとき、それを咎めるような声が聞こえてきた。

「そうであろうか」

何事につけ、一くさり難癖をつけるのが鬼蜘蛛であるが、この声は、鬼蜘蛛の声ではなかった。

「誰や」

鬼蜘蛛が誰何《すいか》して身を翻す。視線を街道の先に身構えた。

暗い街道の中に、ユラリと人影が立った。信十郎たちにとっては見覚えのある姿だ。

「またお前か」鬼蜘蛛が呆れたような声を漏らした。

「わしらの行くところへチョコチョコと顔を出し、ほんま、しつっこいやっちゃな」

黒い影がそれに答えた。

「面倒事が起こっている所にばかり、顔を出すお前たちのほうが悪い」

「まったくだ」

信十郎は笑った。そして訊ねた。

「家光殿は、忠長殿の動きを、面倒事だと考えておられるのか」

「知らぬ」

「隠さずとも良かろう。お主が家光殿のために働いておることは知っておる。忠長殿を殺そうと謀ったことまであったではないか」

黒い影は（そのように見られるのは不本意だ）とでも言いたげな口調で答えた。

「わしが仕えておるのは天海様じゃ。家光ではない」

「なるほど、天海殿に命じられて、忠長殿のお命を縮めようとしたか」

黒い影は、その名を火鬼《かき》という。

天海には山岳密教に近しい山忍びたちが仕えているのだが、中でも、火鬼、風鬼《ふうき》、土鬼《どき》、隠形鬼《おんぎょうき》という、四人の名人が世に知られていた。

「お主のような曲者《くせもの》が城下に潜り込んでおるとはなァ。忠長殿もお労《いたわ》しいことじゃ」

「駿府からけっして目を離すな、と、天海様に命じられておる。……貴様のような瘋《ふう》癲者《てんもの》がやって来るから油断ができぬ。労しいのはわしのほうじゃ」

「なるほど、そちらの身になってみれば、そのとおりじゃ」

信十郎は笑った。

四鬼と呼ばれた山忍びのうち、風鬼は信十郎に討たれて死んだ。隠形鬼は信十郎に片腕を斬り落とされた。火鬼も信十郎に敗れ、顔面に大やけどを負った。

だが、なにゆえか昨今では、信十郎に接近しようと図っているような、そんな気配を見せている。

「今も、隙あれば忠長殿を殺めようと目論んでおるのだな」

火鬼は首を横に振った。

「それではつまらぬ」

「つまらぬ？」

火鬼は左右の旅籠に目を向けた。

「このありさま、我らにとって、好ましいことだとは、ゆめゆめ思うまい」

信十郎は、火鬼が何を言いたいのか量りかねて訊き返した。

「このありさまとは」

「日本国のこのありさまよ。町は栄え、町人も百姓も安堵して眠り、あるいは臆することなく旅をする。……それに引き換え我らはどうじゃ。蔵に大金が納められておると知っても、奪うこともできぬ。大金を懐にした旅人を見ても、殺すこともできぬ。そのような悪事を働こうものなら、徳川の兵に地の果てまでも追いかけられて殺される。左様、あの風魔《ふうま》ノ小太郎《こたろう》のようにな」

風魔ノ小太郎は戦国大名の小田原北条《ほうじよう》家に仕えていた忍びで、小田原北条家の滅亡後、その遺領を領有した徳川家に抵抗した。忍びの技を用いて江戸の治安を脅かしたのだ。

家康は激怒して風魔狩りを命じた。その結果、風魔ノ小太郎は呆気《あつけ》なく捕らえられて刑死した。

忍びは、権力者に庇護されていなければただの犯罪者だ。いかに忍びの腕があっても生きては行けない――という事実を証明したのだ。

「天海様の御為に働けば働くほど、我ら忍びの行き場がなくなる。我ら忍びは、おのれを雇ってくれた者を、戦で勝たせるために働く。しかし、その行き着くところは、忍びなど必要とされない太平の世だ。おのれの首を絞めるための縄を、おのれで編んでおるようなものではないか」

「皮肉だな」

「他人事《ひとごと》のように言うな」

火鬼が怒った――ように思えた。

信十郎は火鬼に訊ねた。

「乱世が恋しいか」

あの駿河大納言忠長と同じように、戦乱を求めているのか。

ここで鬼蜘蛛が明るい声で訊ねた。

「なんや聞いとれば、つまりはお前も異国で一暴れしたいってことかいな。それで顔を出したっちゅうことかい。そういう話やったら仲間に入れてやってもええで」

忍びは即物的である。かつての仇敵同士であれ、共に戦うことができる。

しかし火鬼の黒い影は、陰鬱そうに首を振った。

「天海様には恩義がある。天海様の許を離れることはできぬ」

「ほんなら、なんでわしらの前にツラを出したんや」

「忠告のためじゃ」

信十郎は眉根を寄せた。

「忠告？」

「天海殿は乱世を憎んでおられる。だからこそ本能寺《ほんのうじ》で信長公を殺し、家康公に近仕して、太平の世をお作りなされた。しかし天海様が恐れておられるのは乱世の再来などではない。あの御方は今、家光公の御陣代で徳川の八万騎を動かすことができる。乱世ぐらい、おのれの力でいつでも鎮めることができると考えておられる。天海様が恐れておるのは、そのようなものではないのだ」

「ならば、何を恐れておられると言うのだ」

「忠長と貴様だ」

信十郎は心底から嫌そうな顔をした。

「またその話か」

「天海様が恐れておられたのは信長と、その家来であった秀吉だ。忠長が信長に気性も風貌も瓜二つなことは知られている。そこへ貴様という、太閤の遺児が随身したのだ。天海様がいかほどまでに驚怖しておることか、察しがつこうというものだろう」

「我らは天下に大乱を起こそうなどとは微塵も思っておらぬ。そなたの口から天海殿に、そう伝えてはもらえぬだろうか」

「たとえその気がなかろうとも、何万もの浪人衆を集め、西国の外様大名を引き込めば、事がどう転がり出すかは誰にもわからぬ。外様の大名どもも、浪人どもも、徳川を憎んでおる。そしてあの忠長の気性だ。大名や浪人が神輿《みこし》として担ぎ上げれば、忠長という暴れ神輿は、喜んで江戸に攻め入ろうぞ」

「この俺がいる限り、そうはさせぬ」

江戸には秀忠もいる。秀忠は息子二人の内乱など、絶対に望んではいない。

「ずいぶんな思い上がりだな」

火鬼はあざ笑った。そして別れの言葉もなく、その影は闇の中に、溶けるように消えていった。

「なんなんや、おかしなやっちゃな」

鬼蜘蛛がフンと鼻を鳴らした。

「忍びも歳を取ると、説教好きになるんやろか」

信十郎は、それには答えずに歩きだした。珍しく、不機嫌そうな面持ちであった。

「おう、待ってんか」

鬼蜘蛛が慌てて後を追ってきた。

第二章　アユタヤ戦役

一

遠くから江戸湾の波音が聞こえてくる。深夜、伊達政宗《まさむね》は舟に乗って八丁堀《はっちょうぼり》に向かっていた。

伊達家の上屋敷は日比谷《ひびや》にあった。もともとは日比谷も日比谷入江と呼ばれた海浜である。政宗は家康から江戸城の堀を造るように命じられ、伊達家の家臣団を動員して、深く広い堀を造らせた。掘りかえした土砂で日比谷の入り江を埋め立てて、そこに屋敷を建てたのだ。

その頃は江戸じゅうが湿地帯のようなありさまで、水を抜くために大小の堀が造られた。それらの堀は舟運のための運河としても使えるので一石二鳥であった。

政宗を乗せた舟は八丁堀の船入に入った。

(いつのまにやら、このあたりも、砂浜になっておるの)

政宗は八丁堀の浜辺をみつめた。

家康に命じられ、江戸に入府した当時、あたりは一面の海。遠浅《とうあさ》の海岸で、漁師たちが海苔《のり》を取っていた。

その場所にすっかり土砂が堆積している。かつては海だった場所に漁師の小屋が建てられていた。

八丁堀の船入とは、海岸線に平行して突き出した堤防のことだ。長さが八町あったのでその名で呼ばれた。その堤防を造ったせいで潮流が変わり、土砂が溜まりやすくなったのに違いない。

「いずれはこの浜辺も、人の住む町となるのであろうな」

江戸の人口は、驚くばかりの増加をみせている。日本じゅうから商人や職人が仕事を求めて押し寄せてくるからだ。のみならず流民たちもやってくる。

彼らの期待に答えて、職と食べ物を提供できるのが、江戸という巨大な街なのだ。

政宗はおのれの来し方を思いやった。

関ケ原の合戦に勝利して、名実共に天下人となった家康に命じられ、江戸に入府したのが慶長《けいちょう》八年（一六〇三）。そのとき政宗は三十四歳だった。それから二十七年、政宗は早、六十一歳。すでに還暦を越えている。

（天下は回り持ち……。家康さえ死ねば、次はわしの天下だと思っておったが……）

信長が殺されたのち、天下の権は、信長の遺児ではなく、秀吉に移った。

秀吉が死ぬと、豊臣政権の第一人者であった家康に覇権が移った。

天下人の不肖の息子よりも、実力者のほうに、諸大名の人気が集まったのである。

ところが、家康が死んでも、徳川家の覇権は揺るがなかった。

（秀忠めが）

意外な政治力を発揮して、政権を支えつづけたからだ。政宗にとっては大きな誤算であった。

政宗は気づいている。秀忠は小心者だ。

（戦では、ろくに采配も振るえぬに相違あるまい）

一方の政宗は、戦国時代の生き残り、少年の頃から血刀を振るい、激戦を勝ち抜いてきた。戦場に引っ張り出しさえすれば、秀忠など、半日も待たずに首をあげる自信が政宗にはあった。

しかしである。臆病者の秀忠は、臆病であるがゆえに戦場には出てこない。戦国大名であれば、席を蹴立てて激怒して、戦に討って出るような屈辱にさらされても、じっと堪え忍んで政治の力で解決しようとする。

「戦に出て来ぬ者を、討ち取る算段などないわ」

戦になれば必ず勝てる、秀忠を討ち取ってこの政宗が天下人になれると（自他ともに）確信しているがゆえに、政宗の憤りはいよいよ募る。

しかし、それでもまだ秀忠はマシなほうだ。少なくとも政治力で政宗たち戦国の荒大名を抑えつけるだけの実力がある。だが――、

（あの三代目はなんだ！）

苦労知らずで思慮も足りない三代将軍の家光。当然ながら戦陣に身をさらしたこともない。

にもかかわらず、すっかり大将軍気取りで、諸大名の上に君臨している。

政宗は夜空を見上げた。流れ星が一筋、墜《お》ちていくのが見えたからだ。

覇気も才もない若造が将軍職に就いていられるのも、戦国の生え抜きがほとんど死に絶え、あるいは老いさらばえてしまったからだ。諸大名まで苦労知らずで臆病な若造ばかりになってしまった。

「……この政宗とて、いつ死ぬかわからぬ」

戦国の巨星は次々と墜ちた。人の命は儚《はかな》い。自分が老境に差しかかったからこそ実感できる。

「残された時はわずかだ」

自分の寿命が尽きる前に、徳川家を覆滅しなければならない。政宗に残された時間は絶望的に少なかった。


この頃の八丁堀界隈は寺町であった。江戸に集まった貧民たちの死体が投げ棄てられる寂れた場所だ。都市の周辺に死体を投げ棄てることは、日本古来の埋葬法であるから、別段奇異とする光景でもないのである。

政宗は寺院の山門をくぐった。塔頭《たっちゅう》寺院の仏堂に向かう。戸を押し開けて堂内に入ると、燭台がひとつだけ立てられ、その蠟燭には火がつけられていた。

正面には仏壇を安置するための須弥壇《しゅみだん》があったが、仏像はどこにも見当たらない。その代わりに御簾《みす》が下ろされていた。

政宗は御簾の正面に腰を下ろした。すると間もなく御簾の向こうに火が灯され、一人の老人の影が浮かび上がった。

「仙台ノ中納言か」

嗄れた声が響いてきた。政宗を官名で呼んだ。

「よくぞ参殿したの」

政宗は恭《うやうや》しげに平伏して答えた。

「今宵は宝台院《ほうだいいん》様のお姿もなく、南朝皇帝陛下、直々《じきじき》のお出ましとは……。政宗、欣《きん》快《かい》に堪えませぬ」

片方だけの目が細められる。不遜にも笑みを浮かべたようにも見えた。

「さては……。宝台院様にはお聞かせできぬ秘事を、この政宗にだけ、お明かしくださろうという御叡慮にございますかな」

政宗は誰に対しても人を食ったような物言いをする。口の利きようだけでなく、態度もまた人を食っている。秀吉に対する謀叛の煽動が露顕した際「花押《かおう》が偽物だ」などと開き直ったのもその一例だ。相手が南朝の皇帝であろうとも、悪癖が改められることはなかった。

南朝皇帝は絶句した——ような気配である。政宗の欠礼に呆れてしまったのかもしれない。

しばらくしてから、気を取り直したようにつづけた。

「まったく、貴様というやつは……」

政宗は今度ははっきりと微笑んだ。

「仙台ノ中納言、陸奥《むつ》の田舎者にござれば、行儀作法は心得ませぬ」

「野人ならばいざ知らず、そのほうの先祖は式評定衆《しきひょうじょうしゅう》であるぞ。名誉ある家柄をわきまえよ」

「お叱り、肝に銘じましてございまする」

南朝の名将、北畠顕家《きたばたけあきいえ》が陸奥で兵を募った際、伊達家の先祖は挙兵に応じて、南朝政権下での地位を授けられた。南朝と伊達家はそれ以来の――俗に言う腐れ縁である。

「して。今宵はいかなるご用向きでございましょうな」

歳をとると気が長くなる者と、気が短くなる者とがいる。南朝皇帝は前者で政宗は後者だ。

南朝皇帝は「うむ」と答えてから、やおら、語りはじめた。

「秀忠めが、忠長のために兵を募っておる」

「大御所様が、駿河大納言卿のために？」

政宗は幕府の動きを注意深く探っている。そんな噂は百も承知であったのだが、知らぬ顔で訊ねた。

「なんのための募兵にございましょうな。……ハッ、もしや！　この政宗を討ち取らんがために――」

「くだらぬ戯れ言《ざごと》はよさぬか」

あまりのとぼけぶりに南朝皇帝も呆れた様子だ。

「異国に討って出るための算段に決まっておろうが」

政宗はようやく、顔つきを改めた。

「どうやら、そのようにございまするな。西国《さいごく》の大名も、ずいぶん乗り気との噂」

「左様か。西国の大名どもは、江戸城の御殿でなんと申しておる」

江戸城での情報は、南朝皇帝よりも政宗のほうが詳しい。政宗は江戸城に出仕しているから当然だ。

「西国の大名どもは皆、故太閤殿下の唐入りに兵を出し、はかの行かぬ戦で大損を被りましてござる。その傷も未だ癒えずに手許不如意のありさま。商人からの借金は返すことも叶わず、家来どもへの恩賞もままなりませぬ」

戦場で活躍した者には褒美をとらせる。その褒美とは領地である――という契約で、大名は家来を戦わせる。悪い言い方をすれば、恩賞で釣っている。

秀吉による文禄慶長《ぶんろくけいちょう》の役《えき》で、日本の侍たちは勇敢に戦って手柄を立てた。しかし、朝鮮半島や明国から領土を奪い取ることはできなかったので、領地をくれてやるという、契約を果たすことができない。

契約が果たせなければ大名は見限られる。この頃のトノサマは絶対君主ではない。家臣たちは殿様を見限れば、平然と退去するし、時には謀叛まで起こす。家臣の支持を失い、その結果滅亡してしまった家は、越前松平家や出羽の最上《もがみ》家など、いくらでも前例があった。

「肥後の加藤家で、馬方牛方騒動なるものが起こったのも、加藤家の家来どもが、清正と交わした約束を反故《ほご》にされそうになったがゆえに暴れ出した、という一事に尽きましょう」

「ふむ」

「西国の大名どもは駿河大納言卿に従って異国に攻め入り、彼の地において領地を手に入れて、家来どもとの旧約を果たしたい——という、所存であるように思われまするな」

「なるほどの」

ここで政宗はニヤリと、意味ありげに笑った。

「結構な話ではございませぬか。日本国が海の彼方にまで広がりまする。しかも、唐入りの大将軍は駿河大納言卿。宝台院様の血を引く〝南朝の将軍〟にございまするぞ」

政宗は、南朝の将軍、というところを強調した。ところが南朝皇帝からは捗々《はかばか》しい反応がない。政宗はわざとらしい挙措《きょそ》で平伏した。

「南朝皇帝陛下のお心を悩ませることなど、何一つとしてございますまい、左様にこの中納言は愚考つかまつりまする」

「ところがじゃ」

南朝皇帝は咳払いをした。

「そうも言ってはおられぬことが、わかってまいった」

「なんと仰せにございましょう」

「唐入りのために集められた浪人衆じゃが、朕《ちん》が調べさせたところによると、キリシタン者が多いらしいのじゃ」

「キリシタンが?」

「日本の神を崇めず、蛮神《ばんしん》を奉じるキリシタンどもは、けっして許しておけぬ」

「左様にございまするなぁ」

そう言いつつも政宗は、南朝の後醍醐《ごだいご》天皇が密教の熱烈な信者であったことを知っている。密教はインドに始まり、唐に伝わって、遣唐使たちが日本に持ち帰ってきて布教した。仏教もまた、蛮神（隣国の神）であるはずだ。

（仏僧は、現世での王権を認めるが、キリシタンは神以外の権力を許さぬ。それゆえに陛下はキリシタンを憎んでおられるのか……）

推察はついたけれども、今度は別の疑念が頭を擡《もた》げてきた。

（このわしはかつて、キリシタンの力で徳川の天下を覆《くつがえ》そうとした）

ローマ法王に親書を送って、キリシタン軍の手で徳川家を打倒してください、などと依頼をしたことがあったのだ。事が失敗に終わった今となっては、知らぬ顔を決め込んでいるが、気づいている者や、薄々察している者は、多いに違いない。

政宗は南朝皇帝の厳しい視線を感じた。南朝皇帝が質《ただ》してきた。

「そのほうであれば、キリシタンどもの性向や、ものの考え方などを熟知しておろう」

ふむ、と政宗は考えた。

（このわしに、キリシタンへの対処を訊いてきたわけか）

食えない年寄りはそっちのほうだと政宗は思った。零落《れいらく》した南朝の皇胤《こういん》とはいえ、さすがの腹芸と言えようか。数千年（古事記などの記述によれば）もの長きにわたって日本国の、政治の実権を握りつづけてきた皇室だけのことはある。

政宗はヒヤリとしたものを感じたが、やはり知らぬ顔を決め込んで、答えた。

「キリシタンの教義とは、デウスの教えに従い、その言いつけに背かぬこと。この一事に尽きまする」

「デウスの教えとは?」

「一言で申しますれば『仁《じん》』に近ぅございまするな。人を許し、憎まぬこと。傲慢、嫉妬、憤怒、怠惰、暴食、色欲を大罪といたし、厳しく慎みまする」

「まったくもって結構な教えではないか」

「熱心なキリシタンどもは、絵に描いたような善人ばかりにございまする。見ているこちらの心まで、洗われるようにございまする」

「であろうな」

「しかれども」

政宗の隻眼《せきがん》が炯々と光った。

「デウスの敵に対しては、容赦はいたしませぬ。デウスの敵を見逃すこともまた罪なのだと、かの者どもは考えまする。デウスの敵だとひとたび決めつけたが最後、徹底的に覆滅するまで、その攻撃は止みませぬ」

「扱いはならぬ、ということか」

扱いとは停戦や休戦、和睦交渉の意味である。

「デウスが『戦を止めよ』と命じれば、即座に戈《ほこ》を納めましょうが……、なにぶん、デウスの声など、滅多に聞こえるものではございませぬからなぁ」

「扱いはならぬと言うに等しいではないか」

「御意にございまするなぁ」

「キリシタンどもは、徳川を恨んでおろう」

徳川家はキリシタンに脅威を感じて弾圧政策をとった。

家康は若い頃、領内で発生した一向一揆に悩まされた。忠臣だと信じていた者たちまでもが信仰の道を選び、家康に歯向かってきたのだ。家康の宗教嫌いはこんなところに遠因がある。

「キリシタンどもを集め、武器を持たせるのはまずいぞ」

「御意にございまする」

神妙に答えつつ、政宗は内心で、（面白いことになってきた）と思っていないでもない。

（徳川を憎むキリシタン勢と、家光を憎む忠長か……）

徳川家と反徳川勢力。共倒れさせれば、天下の権を横から奪い取ることもできる。

「気がかりはもう一つある」

南朝皇帝が話をつづけたので、政宗は邪《よこしま》な思案を打ち切って顔を上げた。

「いったい何に、お心を悩ませておられましょう」

「菊池のことじゃ」

「肥後の菊池?」

「いかにも。菊池彦《きくちひこ》めがキリシタンを率いて、我らに手向かいしてまいったとしたら、どうなることか」

政宗は首を傾げた。腹芸ではなく、ほんとうに何を言っているのかが理解できなかったのだ。

「菊池一族は、南北朝のみぎりより、無二の忠臣——南朝方にございまするが?」

「左様。陸奥に北畠顕家、九州に菊池一族。北朝の足利尊氏《あしかがたかうじ》めを悩ませた南朝方の忠臣じゃ」

「なれば……」

「しかし、菊池彦めは朕を恨んでおる。きっとそのはずじゃ」

「それはなにゆえ。いったいいかなる遺恨が……」

「家康に勧めて、豊臣家を攻め潰させたのは、朕なのだ」

「なんと」

「そのほうは、豊臣家の家紋を存じておろうな」

「〝五三ノ桐《ごさんのきり》〟にございましょう」

「それは北朝の偽帝、正親町《おおぎまち》より下賜されたものじゃ。それ以前は秀吉めは日足《ひあし》紋を使っておった」

秀吉の正室、おねの実家の木下《きのした》家は、豊臣家滅亡後も徳川政権下で大名として生き延びたが、日足紋を家紋に使っている。

「日足紋を家紋としておる家がもう一つある。菊池一族じゃ」

政宗の隻眼がカッと見開かれた。

「そ、それでは……、故太閤殿下は、肥後の菊池の……」

貧しい百姓に家に生まれた（ということになっている）足軽が、蜂須賀《はちすか》党などの異能者集団を手懐けて、またたくうちに天下を取った。その謎を解く鍵が南朝皇帝の口より明かされた。

政宗の動揺を余所《よそ》に、南朝皇帝は語りつづける。

「にもかかわらず秀吉めは、北朝より豊臣の姓と桐紋を下賜された。あの者は南朝を裏切り、北朝を担ぐことにしたのじゃ。それゆえ朕は、豊臣家を滅ぼした」

代わりに天下を取ったのが、南朝の忠臣、新田義貞《にったよしさだ》の分家であった得川《えがわ》家の子孫、家康であったのだ。家康が松平から徳川に改名したのも、得川家の復興を世に知らしめるためだったのであろう。得の字を〝とく〟と訓《よ》み、徳という嘉字をあてたのである。

ところがその徳川家も南朝を裏切った。秀忠は北朝の帝に、自分の娘を輿入れさせることまでした。

政宗は考えた。

(もしもわしが、北朝の天子を退位させ、南朝を復興すると確約いたせば……)

はたして……、秀吉や家康を天下人に担ぎ上げた南朝の異能者集団は、徳川を滅ぼし、政宗を天下人に据えるであろうか。

政宗にとっては胸の躍るような夢想である。

(いや、しかし待て……)

政宗は考え直した。果たしてそれで、天下が治まるであろうか。

北朝と足利家に敗れた南朝は、山中に逃げ込んで細々とその命脈を伝えた。室町時代を通じて反体制であり、反体制派や犯罪集団に与《くみ》しつづけた。

（これでは天下は治まらぬ）

政宗が南朝の幕府を開いたとしても、百姓や武士たちがなついてはこない。

（秀吉や家康が南朝を裏切ったのも、これがためか）

戦乱の世で役に立っても、太平の世には邪魔になる。南朝勢力とは、そういった者たちの集まりだった。

「何を考えておる」

「はっ？」

突然に声をかけられて、政宗は我に返った。

「……菊池のことなど思案しておりました。陛下は、キリシタンと菊池が手を結ぶことを憂慮なされておられる、と、そのように政宗は愚考つかまつりましたが」

適当に話を変えた。老いても政宗の知能は明晰である。

「うむ。そのことよ。キリシタンどもは九州に多い」

「なるほど、案じられまするな」

「政宗よ。事と次第によっては、朕は宝台院の孫を殺さねばならぬかもしれぬ」

「駿河大納言卿のことにございまするか」

「左様じゃ。家光と忠長を換えることはできぬ。忠長が、キリシタンや菊池に担ぎ上げられ、この江戸に攻めかかってくるより前に、手を打たねばならぬのだ」

「なぁるほど」

政宗は大きく頷いた。

「それゆえ今宵は宝台院様を抜きにしての拝謁にございましたか」

「宝台院も、可愛い孫を手にかけられると知っては取り乱そう。どのような狂態を示すか知れたものではない」

「宝台院様に知られるより先に、忠長、キリシタン、菊池——すなわちこのたびの派兵を挫《くじ》け、との、ご下命にございまするな」

「左様じゃ」

政宗は深々と拝跪した。

「畏まってござる。ご下命、政宗の一命に換えましても、果たしおおせる覚悟にございまする」

「うむ」

御簾の奥の灯が消えた。同時に老人の気配も消失した。

政宗は仏堂を出た。家臣たちが山門の外で待っている。政宗は掘割の舟に乗り移った。

「南朝皇帝め。存外に甘い……。この政宗が、徳川の兄弟喧嘩を焚きつけたらどうなるのかがわからぬのか」

政宗が目指しているものは、家光と忠長が大戦を起こして、徳川家が疲弊することである。

「面白うなってきたわ」

まずは渡海を失敗させることだ。キリシタンと浪人衆には、この日本に留まりつづけ、徳川の治世を脅かしつづけさせねばならない。

（いかに謀れば、渡海を取りやめにさせることができようか……）

政宗は隻眼を細めて考え込んだ。

二

駿府を辞去した信十郎は、鉄砲洲にある渥美屋《あつみや》に向かった。表向きは、東海道に面した太物屋《ふともの や》（木綿の反物を扱う店）だが、その実体は伊賀の忍家、服部半蔵《はっとりはんぞう》家の隠し拠点である。

鉄砲洲は江戸湾の海岸に突き出た砂州で、その形状が鉄砲に似ていたことからその名がついた。店の裏手から潮風が吹きつけてくる。波の音がずいぶんと近くに聞こえた。

「いずれはここも立ち退かねばならぬ」

裏庭に面して建てられた離れ座敷で、キリが唐突にそう言った。

机に大福帳を広げ、算盤《そろばん》を弾きながら記帳している。太物屋の女主の貫禄十分だ。

信十郎が駿府から帰って来たのに「お帰り」の一言もない。ちょっと厠《かわや》に行ってきた夫が座敷に戻ってきた、みたいな顔つきで、いきなり喋りかけてきた。

信十郎もキリの奇妙な物腰には慣れているので、別段なんの反応もなく、刀掛けに刀を置くと、無造作に腰を下ろした。

「なにゆえじゃ。伊賀者がここに拠点を築いておることを、何者かに知られたか」

「そうではない。町奉行所からの触書《ふれがき》きじゃ。この一帯の浜辺を埋め立てて、土地を広げるらしい。その普請の邪魔になるので、いったん立ち退けということだ」

干拓工事をするために、この一帯の町人地が邪魔になるらしい。

「徳川家の徳を慕って、人々が集まってくるからな。町人地を広げねばならぬのは道理だ」

キリがジャランと算盤を鳴らした。

「徳ではない。江戸での商売が金になるからじゃ」

キリは忍びの家に生まれたくせに、というか、忍びの家に生まれたからこそというか、きわめて商人らしい打算的な考え方をする。

信十郎は虚を衝かれたような顔をした。

「江戸での商いは、そんなに儲かるか」

「儲かる」

真面目な顔でキリは頷いた。

「我らの本業は忍び。太物屋は片手間仕事だ。世を欺くための方便だ。それなのに儲かる。こんなに儲かってしまって良いのかと心配になってしまうほどじゃ」

「ならばいっそのこと、皆で商人になったらどうだ」

「忍びを捨てろと申すか」

太平の世に忍びなど必要とされていない。それにである。忍びは報われることの少ない仕事だ。人知れず命を落とし、それに対する報酬はない。

「商人で生きてゆけるならば、それがなによりのことであろう」

キリは「ふむ」と真面目な顔つきで頷いてから、目を上げた。

「信十郎が刀を捨て、商人になって、赤子の面倒を見て暮らすというのであれば、考えてやっても良いぞ」

信十郎は絶句した。

そこへ稗丸《ひえまる》が入ってきた。信十郎とキリの子だ。円《つぶ》らな瞳で信十郎を見上げたが、それきり座敷を出ていった。

「ほれ見ろ。まるでよその大人を見るような顔だ」

キリが笑う。信十郎は困惑顔だ。

「わしには父の思い出がないからな。父親とは我が子にどう接するものなのか、それがまったくわからない」

「やれやれ。秀忠の子の世話は焼くくせに、自分の子供はほったらかしか」

「それを言うな。ときに……、稗丸は火薬《ひぐすり》などで遊んではおらぬであろうな」

キリは「ふふん」と笑った。

「実の父親が子の面倒を見ぬから、よそのおじさんが見るに見かねて世話を焼いてくれるのだ」

「冗談を申しておる場合ではないぞ」

稗丸が火薬で遊ぶことを覚えた。教えた者は、あの火鬼であったらしい。

「案ずるな。稗丸からは目を離すなと店の者どもにも命じてある」

この店の者は、お店で働く者も、台所の女も、皆、伊賀の忍びである。

キリは苦々《にがにが》しげな顔をした。

「伊賀組の目を盗んで稗丸に近づくとは。山忍びめ、油断がならぬな」

「あの者は格別だ。仕方がない」

「フン、ずいぶんと高く買っておるのだな」

「昨今なにやら、敵とは思えなくなってきておる」

「それが油断だ。彼奴《きやつ》の口車に乗せられておるのではあるまいな」

「乗せられておるのかもしれぬ」

キリはまじまじと信十郎を見つめた。

「疲れておるのか。信十郎らしくもない物言いだ」

「疲れておるのだとしたら、それは火鬼も同じであろうな。忍びは皆、疲れておる。だから互いを哀れむ心地になるのかもしれぬ」

キリは薄笑いを浮かべながら算盤勘定に戻った。

「皆が疲れておるのは良いことだ。戦をする元気がなければこの世は太平だ」

「まったくだな」

しかし、疲れ知らずに乱世を求める者もいる。あるいは、若い者たちは、おのれの力を発揮するのはこれからだと意気込んでいる。

忠長の面影が信十郎の脳裏を過《よぎ》った。

三

長崎の入り江を、陽光が眩しく照らしている。

「さすがに九州は南国だな」

信十郎は目を細めた。

長崎の湊には、南蛮船や明国のジャンクなどが停泊していた。海と空は青く、雲と波は白い。大きく帆を張った船が、ゆっくりと出港していった。

信十郎は鬼蜘蛛とともに長崎まで旅してきた。曲がりくねった坂道を上り、末次平《すえつぐへい》蔵《ぞう》の屋敷へと足を向ける。

末次平蔵政直《まさなお》は長崎の代官である。長崎の町は徳川幕府の直轄領であり、徳川家の旗本が長崎奉行として赴任してきて治めているが、実質的な統治は代官の手に任されていた。江戸から派遣されてきた武士では海外との交易はままならない。通商に慣れた商人の手を借りる必要が、どうしてもあったのだ。

　末次平蔵は、当時の日本で最も偉大な海商であった。そう断言して過言ではないだろう。彼は日本国の交易のために、さまざまな工夫を取り入れた。たとえば、ジャンクを参考にして、外洋を航海する能力を高めた和船を新造したが、その船は、彼の名を取って〝末次船〟と呼ばれた。

　家康は海外貿易の推進派であった。海外との交易に慣れた商人たちを必要としていた。末次平蔵は家康の代官として長崎に君臨し、朱印船貿易で莫大な利益をあげていた。


　信十郎と鬼蜘蛛は、湊に面して広がる町人地に入った。

「この町も、末次殿が拓《ひら》いたと聞くぞ」

　信十郎は鬼蜘蛛に言った。

「商家に投資して豊かな町を造り上げたのだ。この界隈のすべての商家には末次殿の息がかかっておる。家康公が江戸の町を造ったのと同じように、長崎は末次殿がお造りになったのだ」

　しかし鬼蜘蛛は感心した様子もない。海と船が苦手な彼にとっては、湊の繁栄など、逆に憎むべきことですらあった。

末次平蔵の屋敷が高台に見えた。信十郎たちが高台へとつづく坂道へと向かおうとしたとき、

「こらっ、待てェッ」

猛々《たけだけ》しい胴間声《どうまごえ》が、町人地の外れから聞こえてきた。

瀬戸物の割れる大きな音と、女の悲鳴がつづいた。

「なんや、喧嘩か」

鬼蜘蛛が首を伸ばす。

道の向こうで大勢の町人たちが立ち騒いでいる。

「刀を抜いたぞッ」

などという声が聞こえた。

「行ってみよう」

信十郎は歩く向きを変えた。

「まぁた、いらんことに首を突っ込みよる」

鬼蜘蛛が呆れた顔をした。

「末次殿が治める町に来て、騒動を知りながら、何も聞こえぬふりはできぬであろう。これがわしの性分だ。嫌ならここで待っておればいい」

「何を言うやら。わしは信十郎の守り忍びやで」

鬼蜘蛛は不満そうな顔をしながらもついてきた。

「おお、派手にやっとるわい」

旅籠《はたご》であろうか、縁台を出した店先で騒ぎが起こっている。浪人たちが六名がかりで、一人の武士と、その家族らしい、女人二人を取り囲んでいた。

さらにはその周囲を、町人や船乗りたちが取り巻いている。信十郎は野次馬の一人――商人らしい男の袖を引いて訊ねた。

「何があったのだ」

三十代ほどの商人は、困り顔で答えた。

「ご浪人衆の酔っぱらいですたい」

信十郎は、立ち騒ぐ浪人たちに目を向けた。なるほど、揃いも揃って緋猩《しょうじょう》々のような顔つきである。

「いつものことでございますとよ」

商人は苦々しげに吐き捨てた。

「酒ば飲んで、管《くだ》ば巻いて、どげんにもならんのでございますたい」

この浪人たちも、海外出兵の支度金として、なにがしかの銭を授けられているのであろう。その金銭で昼も夜もなく酒を飲んでいるようだ。

渡海の船を待つために長崎の湊に逗留しているわけだが、ひたすら待つばかりで退屈を持て余している。それでいて闘志ばかり逸《はや》る。酒でも飲まねばやりきれないであろうし、酒を飲んだら暴れださずにはいられない。歳も二十代から三十そこそこ。血気盛んな年齢である。

酔った浪人たちの中で、一際目立つ大男がいた。眉と髭が濃く、はだけた衿元からは長い胸毛が飛び出している。粗末な着物越しにも、厚く盛り上がった胸肉を感じさせた。

その髭男が目を怒らせ、袖を捲《まく》り、太い腕を見せつけながら凄んだ。

「よくも我らを見下《みくだ》しおったな！　許せぬッ」

詰め寄られている武士もまた、浪人の身分であるようだが、こちらは取り乱した様子もなく、穏やかな視線を真っ直ぐ浪人たちに向けていた。

もとは高禄の武士だったのであろうか。たしかに侮蔑が感じられないでもない。浪人たちが見下されたと感じても不思議ではない。

歳は五十を過ぎたばかりか。総髪にも白髪が目立つ。この当時の五十歳は立派な老人だ。四十歳が初老と呼ばれた時代である。

酔眼の浪人たちは吠えたてつづける。

「やいやい、我らを何者と心得る！　長宗我部《ちょうそかべ》家中にその人ありと謳《うた》われた、なんのナニガシとその郎党ぞ！」

などと虚勢を張ったが、長宗我部家が改易されたのは関ケ原合戦の直後で、二十九年前。そののち、長宗我部家の当主、盛親《もりちか》と家来たちは大坂の陣に参戦し、ふたたび敗れて散り散りとなったが、それも十四年前のことだ。

三十前に見えるこの浪人たちが、前髪立ちの少年だった頃の話であるから、長宗我部家中で高名だったとしても、それは父親か祖父の話であるのに違いない。少年が「この人あり」と謳われることは絶対にない。

しかし、若い力と覇気は本物だ。太い手足に力を漲《みなぎ》らせ、今にも抜刀しそうな気迫で、老体の武士ににじり寄っていった。

一方、因縁をつけられている老体のほうは、すっかりと痩せて身体や皮膚の脂《あぶら》も抜けた姿であったが、格別に臆した様子もない。

信十郎は老体の風姿を見て（これは……！）と感ずるところがあった。

枯れ木のように痩せているが、その腰はどっしりと据わっている。細い手足も革の鞭《むち》のように強靭に見えた。

(よほどに武芸を鍛えた御方に違いない)

戦場で「この人あり」と謳われたのは、この老体のほうであろう。

妻と娘もまた、取り乱した様子を見せない。老人が勝利することを確信しているのに違いなかった。

(これはいかん!)

信十郎は慌てた。

(このままでは、酔った浪人衆が皆殺しにされる)

戦国の世を生き抜いた戦人《いくさびと》の恐ろしさを、信十郎は何度もその目で見てきた。威勢が良いだけの若い者など、一捻りにされてしまうに違いない。

酔った浪人たちは肩を上下させ、息を喘《あえ》がせている。酔いが回って心《しん》ノ臓が動悸し、息まで揚がっているのだ。これではますます勝負にならない。

「待てッ」

信十郎は浪人衆と老体とのあいだに割って入った。

「ここは公儀の直轄地! 無体《むたい》な振る舞いは許さぬぞ」

そう決めつけてやると、浪人たちは一瞬たじろいだが、そこは酔っぱらい特有の怖いもの知らずで、あらためて怒り直すと、詰め寄ってきた。

「何者だッ」

ひげの大男が凄む。

「このわしを誰と思って――」

「その口上は、今聞いたばかりじゃ」

「しゃらくせえッ」

ひげの大男が拳骨を振り上げた。次の瞬間、

「ぐはっ……！」

大男は鼻から血を噴きながら仰《の》け反《ぞ》った。両手で顔を押さえてたじろぐ。指のあいだから血がとめどなく滴り落ちてきた。

「な、何をしやがった！」

鼻から血を出して満足に口も利けぬ男に代わって、取り巻きの一人が叫んだ。

信十郎には、何が起こったのかわかっていた。鬼蜘蛛が、浪人たちの死角から石礫《つぶて》を投げたのだ。しかし武芸不心得な浪人たちの目には、鬼蜘蛛が投げた礫は、しかと見極められなかったらしい。

「こやつ！　妖しげな術を使うぞ！」

などと怖じ気《おけ》を振るう始末である。

信十郎は、なにやら白《しら》けた心地となった。此度《こたび》の唐入りは、浪人たちの救済という目的もある。だがこのありさまを見るに、武士らしい矜持《きょうじ》も、武芸の心得も、ろくろく持たぬ堕落した者たちばかりだ。

大御所秀忠が乗り出して救済してやるだけの価値がある相手だとも思えない。

（この者たちを渡海させたとして……）

女真族の騎馬軍団に立ち向かうことができるのであろうか。

などと考え込んでしまった信十郎を見て、それを油断と見て取ったのか、

「野郎ッ」

一人の浪人が刀を抜いて斬りかかってきた。

瞬間、信十郎の体軀が跳ねた。

ギィンと鋭い金属音がした。浪人の刀が地面に叩き落とされた。浪人は立ち竦んでいる。信十郎の刀の切っ先が、その喉元にピタリと押し当てられていた。

目にもとまらぬ抜刀である。浪人の目にはほんとうに何も見えなかった。信十郎の腰のあたりで刀身が光ったと思った次の瞬間には、手にした刀を叩き落とされ、喉元

に刃を突きつけられていたのだ。

浪人の喉仏がゴクリと上下した。仲間たちも息を呑んで、というか、信十郎の殺気に呑まれてしまって、まったく身動きできない。

「我らが戦う相手は海の向こうにおる。海を渡るまでは、貴公らの闘気、その身中に納めておかれたらいかがか」

喉に刀を押し当てられた浪人は、声も出せずにガクガクと頷いた。

信十郎は刀を引いて、パチリと納刀した。同時に浪人が、ストンと腰を抜かして崩れ落ちた。

「そなたらも駿河大納言様の御前に馳せ参じた武士。駿河大納言様に免じて、この場の狼藉《ろうぜき》は見逃す。長崎奉行所の役人が来る前に、立ち去られるがよい」

浪人たちは、腰を抜かした仲間と、鼻血を流す仲間を介抱しながら、急いでその場から逃げ去った。

見守る町の者たちも、固唾《かたず》を呑んで信十郎を見守っている。無法者を懲らしめたというのに、歓声をあげる者など一人もいない。

皆、信十郎こそがこの場で一番恐ろしい猛獣なのだと理解できていたからだ。信十郎に比べれば酔った浪人たちなど、よほどに可愛げのある連中なのだと思い知らされていた。

そんな中で、老体の武士と、その妻と娘だけは、相も変わらず泰然としている。老体が信十郎に向けて頭を下げてきた。

「助太刀、かたじけない」

「い、いいえ」

信十郎は慌てて手を振った。

「貴公をお救いしようとしたのではござらぬ。あの者たちを救うには、ああするよりほかなかっただけでござる」

老体はわずかに口許を綻ばせた——ようにも見えた。

「あなた様は公儀の、あるいは駿河大納言様の、お旗本でござろうかな。拙者も駿河大納言様に陣借りをして海を渡ります。なにとぞよしなにお引き回しくだされ」

一礼したときに、胸元で何かが光った。

（クルスだ……）

信十郎は、この老人がキリシタン武士であると覚った。

老体は妻と娘を促して、通りを歩き去っていった。

（あれほどの武芸、そして物腰……。おそらくは名のある御方に相違あるまいが）

どこかの大名に仕えた大身の家来だったのに違いない。しかし、徳川幕府は全国の諸大名に対して、キリシタン武士は放逐するか、切腹させるかするように命じた。徳川の威勢を恐れる大名たちは、キリシタンの家来を放逐した。

（あの御方もおそらくは、そのようにして浪人になったのに相違あるまい）

キリシタンを捨てて仏教に改宗すれば、家中から追い出されることもなかったはずだ。

信十郎は、老武士の厳しい後ろ姿を無言で見送った。

「何しとるんや」

鬼蜘蛛が声をかけてきた。

「長崎奉行所の役人が来たら面倒やで。わしらも早く行こう」

「うむ」

信十郎は、末次平蔵の屋敷に向かって歩きだした。

四

末次平蔵の屋敷に通じる坂を上る。門前には二人の浪人が立っていた。信十郎たちに気づいて、殺気立った目を向けてきた。

「ああ、そんお人はよか」

屋敷の中から急ぎ足で一人の男が出てきた。

「大旦那の大事なお客人たい。とっくりと、こんお顔を身覚えておくがよか」

門番の浪人に注意を促してから、信十郎に歩み寄ってきた。

「高砂《たかさご》では、えらい世話になりもした。オイがこげんして生きておられるのも、菊池彦様のお陰ですたい」

丁寧に頭を下げて感謝を顕したのは浜田弥兵衛《はまだやへえ》である。

浜田弥兵衛は末次平蔵麾下《きか》の船長《ふなおさ》で、タイオワン（台湾）のゼーランジャ城に囚われた。信十郎の活躍で窮地を脱して、逆にタイオワンの行政長官であるヌイツを捕らえ、日本に連れて帰ったのである。

タイオワンを支配しているオランダ王国と、海外派兵を志す秀忠とは相いれない。目下のところ仇敵同士である。

「オランダ人に捕らえられて、とんだ生き恥をかかされたオイも、菊池彦様のお陰で面目を施したとですたい」

浜田弥兵衛は長崎奉行からお褒めの言葉を賜ったという。日本人が異国と戦って勝利した、などとは、絶えて聞こえぬ話であった。浜田弥兵衛は一躍、戦時英雄に祭り上げられていたのである。

「さぁ、どうぞお入りくだされ。末次旦那も首を長ごぅしてお待ちですたい」

浜田弥兵衛は信十郎と鬼蜘蛛を邸内に導き入れた。

末次平蔵の屋敷は、日本家屋と、明国の館と、西洋の館の奇妙な折衷《せっちゅう》様式で建てられていた。屋根の破風《はふ》には明国ふうの望楼が突き出している。さらには西洋風の塔まで建てられていた。

館に通じる石畳の上を歩きながら、信十郎はチラリと背後に目を向けた。門番の浪人たちが門扉を閉ざそうとしていた。

「なにやら物々しいですな」

以前の長崎はもっとのんびりとした町であった。しかし今の長崎の空気は剣呑《けんのん》に張りつめている。気のせいではあるまい。末次平蔵が屋敷を浪人に守らせているのも、治安が悪くなっているせいに違いなかった。

「ご出陣が間近ですからな」

浜田は無理をして笑った。

「湊町にご浪人衆が集まって来られましたと。意気盛んなことは、よかことですが、ばってん、つまらんことで角ばくさ突き合わせて、喧嘩口論ば起こすとです」

「ううむ、困ったことですな」

「荒くれ者揃いですたい。仕方がなかです」

それぐらい喧嘩ッ早くなければ軍兵はつとまらないとも言えるのだ。

それにである。末次も浜田も、海商とは表向き。外洋に出れば八幡《ばはん》（海賊行為）を働くこともある。この時代の商人は、敵国の軍艦と渡り合いながら商売をしていた。長崎の商人たちは浪人者の狼藉など、屁《へ》とも思っていないに違いないのだ。

信十郎は屋敷の二階に案内された。鬼蜘蛛はここで別れて一階の台所に向かった。

西洋風の階段を上がり、二階の座敷に入る。海に面した窓際に立っていた明国人が振り返って破顔した。

「おう。来たとか」

明人倭寇、一官党《いっかんとう》の大幹部、鄭芝龍《テイシリユウ》（字《あざな》は飛虹《ヒコウ》）であった。

信十郎も微笑をふくんで頷き返した。

「我らのために骨を折ってくれておるようだな」

「なんの」

鄭芝龍はカラカラと高笑いした。

「オオゴショサマのご用命とよ。ずいぶんと儲けさせてもらっとるばい」

「珍元贇師の口利きで、浪人衆の渡海を引き受けてくれたそうだな」

「そういうことたい。すでに配下のモンに、船で運ばせておるとよ」

「なんと、気の早いことだ」

「そうではなか。大坂の陣のあと、オイたちは、何百、何千もの倭人《わじん》を、明国や南蛮に運んだとよ」

南蛮とは本来、東南アジアのことを言う。ポルトガル人は東南アジアを経由して日本に来たので、南蛮人だと誤解されたのだ。

「明国や南蛮に運ぶ浪人の数が、急に増えたと思えばよか」

日本人の大多数は太古からこの島国にしがみつき、一所懸命に生きてきた。一つ所に命を懸けていたのだ。一族を引き連れて海を渡るなど思いも寄らぬことである。

しかし鄭芝龍のような海洋民は違う。どこへでも船で移動して移り住む。それゆえ日本人が海を渡って行くことも、べつだん奇異とは思っていない。

「ことに、キリシタンは、日本国に行き場もなかろうもん。南蛮に大勢逃れて行ったとたい」

「キリシタンや浪人衆にとっては、今回の唐入りはまさに、渡りに舟だな」

「明国にとっても同じことたい。加勢は有り難か」

遅れて末次平蔵が入ってきた。信十郎が到着したという知らせを受けて、慌ててやってきたらしい。紅潮した顔に汗を滲ませていた。

「これは菊池彦様！　ようお出でになりましたと。タイオワンに於いては手前どもの船ばお助けくだされり――」

などと、長々と口上を述べてくる。信十郎は、やや困り顔で挨拶を受けた。

「たいしたことはやっておりませぬよ。いずれにしても、浜田殿と、船と、積み荷が無事でよかった」

「ヌイツは、まだ江戸にば、留められたままですたい」

江戸に拘留され、取り調べを受けているのだと末次は言った。

「オランダからは身柄ば返せと矢の催促でございますばってん、大御所様は強気ですたい」

末次平蔵は不敵に笑った。

「これを期にくさ、高砂ば攻め取ろういう、お腹積もりかもしれんとですたい」

日本じゅうから浪人衆とキリシタン武士をかき集めれば、十万の大軍を編成することができる。一方のオランダ軍は、援軍を呼ぼうにも本国ははるか遠方で、一年ほど

待たねば増援が到着しない。末次平蔵はそう説明して、

「これはお味方の大勝利、間違いなしでございますたい」

呵々大笑《かかたいしょう》したのであった。

信十郎はすこし疑問を感じて訊ねた。

「しかし、戦となればあなたのような商人は困るのではござらぬか。それに、オランダを追い払ってしまっては、交易の相手がいなくなりましょう」

末次平蔵は「なぁに」と笑った。

「南蛮人や紅毛人《こうもうじん》の船を日本の近くから追い払えば、オイたち商人も安心して船を出すことができますたい。それに、タイオワンの湊を抑えれば、今度はこっちがオランダやイスパニアに関銭（関税）を吹っかけることが叶いますたい」

「そうなのか」

「異国人は、日本国から買いつけたい物があるから、それは主に銀でございまするが、遠路遥々、船をよこすのでございますたい。オイたち日本人が海と湊を抑えておればくさ、それだけ高値で商いをふっかけてやることができるようになるとですたい」

商売の理屈はいま一つ良くわからなかったが、長崎の商人たちにとっても、戦は望むところであるらしいと知れた。

「オイたち商人は、いつでもお侍様に従って、戦のお手伝いばしてきたとです。泉《せん》州《しゅう》堺《さかい》の商人は信長公に従って巨利を得、博多の商人は太閤殿下の唐入りのお手伝いばして、大儲けしたとです」

ふたたび高笑いを響かせる。

「今度は長崎が大儲けする番ですたい。気ィば入れて働かんといけんとです」

鄭芝龍も横から嘴《くちばし》を入れてきた。

「高砂で見たオランダ人の振る舞いば、思い出すがよか。高砂の者《モン》の交易ば妨げて、湊ではオオゴショサマからの下賜の品にまで関銭ばかけておったとよ。オランダ人ば追い払うのは、高砂の民のためでもあるったい」

鄭芝龍は西洋人を良く思っていない。商売敵であるから当然だ。

末次平蔵が得たりと頷いた。

「そういうことですたい。さぁて、日本国の大勝利の前祝いですたい。浜田の船ば救ってもらったお礼も兼ねて、盛大な宴ば、ご用意させていただきましたとたい」

別棟の広間に案内しようとする。これには鄭芝龍が歓声をあげた。

「これはよか！　さぁ、飲もう飲もう」

親しげに信十郎の肩に腕を回す。信十郎も苦笑しながら、別棟へと歩きだした。

五

その頃、菊池一族の若者、百舌助《もずすけ》と小鳥《こがらす》は、アユタヤ王朝の首府にいた。常夏《とこなつ》の太陽が真上から照りつけてくる。日本では見たこともない植物が大きな葉を広げ、枝には極彩色の鳥がとまって、けたたましい鳴き声をあげていた。

ムッと熱気の立ちこめる中、百舌助と小鳥は白砂の敷きつめられた小道を歩きつづけた。

「アユタヤ国の真の主は草花だなぁ」

などと百舌助はガラにもない物言いをした。無理からぬところで、ありとあらゆる場所に濃い植物層がある。草木で視界は遮られ、数間の先（十メートルほど）を見通すこともできない。

巨木の幹や太い根が、ねじれながら伸びている景色の中に、突然、白い石造りの建物が現われた。建物にもいたるところに木の根や蔦が絡みついている。今にも植物の中に埋もれてしまいそうに見えた。

「とんでもない所に迷い込んじまったみたいだぞ」

立派で大きなお屋敷には、当然、高貴な身分の御方が住んでいるのに違いない。うっかりして曲者などと決めつけられたら、命にまで関わる。

「お前が小猿なんかを追っかけていくからだ」

アユタヤ森には、いたるところに珍しい動物の姿があった。小鳥は森の奥から現われた小猿に気を惹かれて、どこまでも追いかけたのだ。

それを見た百舌助は、さすがに年長者であったので、これはまずいと直感した。アユタヤ森は肥後の山林とはわけが違う。迂闊に迷い込むと二度と出て来れなくなるに違いない。

(噂では、虎がいるとも聞くからな。小鳥なんぞ一噛みじゃ)

百舌助は急いで小鳥を追った。そして二人揃って道に迷ってしまった。

深い森の中では西も東もわからない。時刻は正午に近い。ここは日本国ではない。正午の太陽はほぼ真上にあるので、南がどちらの方向なのかもわからないのだ。

高い所に出れば、自分たちが塒《ねぐら》にしているアユタヤの湊町が見えるかもしれない。そう思った百舌助は、小鳥の腕を引っ張りながら高台を目指した。

高台とは言っても、ここはシャム(タイ)の大平原だ。わずかに盛り上がった岩に付随する、低い盛り土のような丘である。

上手《うま》い具合に上り道に出た。これは良いと嬉しくなった二人は、勢い込んで坂を上ってきたのであるが、そこで偉い御方の住むらしい、豪勢なお屋敷に出くわしてしまったのだ。

シャムの貴族には、虎や象を飼っている者もいると聞く。盗人などにけしかけて、用心棒代わりにするのだそうだ。これはどう考えても引き返したほうが良さそうだ、と百舌助が思ったそのとき、建物の中から一人の貴人が現われた。

アユタヤ宮廷装束に身を包んでいる。肌は真っ黒に焼け、髪形もアユタヤ人ふうに結《ゆ》っていた。

「あの御方は……!」

百舌助は急いでその場に平伏した。小鳥が突っ立ったままなのを横目で見て、舌打ちしながら腕を伸ばし、その首根っこを摑んで土下座させた。

「オークヤー様だぞ」

オークヤーとはアユタヤ王朝の官名で、日本国で言えば三位《さんみ》中納言に相当する。百舌助たちは知らぬことだが、伊達政宗と同じ身分だ。

その貴人は二人に気づいて片手を振った。

「かまわぬ、かまわぬ。そのような挨拶は無用」

そう言って、にこやかに笑った。

百舌助は平伏したまま答えた。

「オイラたちは日本から来たばかりで、土地に慣れないものですから、道に迷ってしまいました。お屋敷に、勝手に踏み込んだ罰を、お与えください」

山田長政《やまだながまさ》は真っ黒い顔で笑った。真っ白な歯が輝いて見えた。

「そなたたちは菊池彦殿より遣わされた者じゃ。いわばわしの客。我が屋敷によくぞまいった。遠慮のぅ、ふるまってくれ」

長政は百舌助たちを促して立たせた。

山田長政もまた、関ケ原か、大坂の陣の敗戦によって海外に逃れた落ち武者であった。アユタヤに移住して居を構えた長政は、当初、交易で財を成したらしい。そのまま貿易商として生きる道もあったのであろうが、長政はそれでは満足しなかった。

アユタヤやその近隣諸国には、同様に逃れてきた日本人たちが大勢いた。長政は交易で得た財を元手に浪人たちを集めて傭兵《ようへい》軍団を組織した。

折からこの地は動乱期に突入している。宮廷内の権力闘争もさりながら、イスパニアなどヨーロッパ諸国が侵略の魔手を伸ばしてきたのだ。

アユタヤ王朝に雇われた長政と日本人傭兵軍団は、インドシナ半島の各地を転戦して赫々《かくかく》たる勝利を得た。戦国の日本で鍛えられた浪人たちは、当時の国際社会の水準を大きく越える精兵揃いだったのだ。

かくしてアユタヤ王朝は、長政の功績を認め、貴族の列に加えてオークヤーの位を下賜した。日本を逃れた落ち武者が一転して、宮廷貴族に成り上がったのだ。

しかし長政は貴族となったのちも、いたって腰の低い男であった。百舌助や小鳥のような青二才にも如才なく接する。

「異国では、日本人同士、手を携《たずさ》えていくしかないのでな」

というのが、常々の口癖だ。アユタヤ王朝の貴族となった今でも、頼りとなるのは日本人の団結である。

ましてや菊池一族は古来よりの名族。どうでも味方につけておきたい。菊池彦が秀忠や忠長と親しいと知れば尚更だ。

「せっかく来たのだ。わしの自慢の屋敷を見ていってくれ」

長政は貿易商らしい愛想の良さでそう言った。

百舌助は恐縮に身震いしながら答えた。

「オイラたちは、湊がどこにあるのか、高い所から見ればわかると思って、坂を登ってきただけございます。湊の方角さえお教えくだされば、すぐに湊に戻ります」

「それならばますます都合がよい。我が屋敷の庭園から湊がよく見えるぞ。見て行くがよい」

どうでも屋敷を案内したいらしい。屋敷に向かって人を呼ぶと、アユタヤ人の使用人が出てきた。長政は現地の言葉で何かを命じた。使用人は長政に一礼し、つづいて百舌助たちを見て、一礼した。

屋敷の中からアユタヤ人たちがわらわらと出てくる。二人はすっかり取り囲まれて、屋敷の中へと連れ込まれた。

「おい小鳥！　お前のせいで、とんでもないことになったぞ。ああは仰《おつしや》ったが、オークヤー様は、ほんとうはわしらにお怒りで、牢屋に閉じ込めるつもりじゃないんだろうか」

百舌助は先の事件でゼーランジャ城の牢屋に入れられた。そのときの恐怖を思い出して身震いしている。

小鳥はなにゆえかニコニコと微笑んだ。

「大丈夫だよ。見たところ、武芸の達者はいないみたいだ」

小鳥なりにオークヤー家の使用人たちを値踏みしているらしい。

「いざとなればこんなヤツら、押し退けて逃げればいいだけさ」

日本語は通じないと考えて、物騒な物言いをした。

小鳥は先の事件でも、オランダ兵たちの追撃を逃れて生き延びた。その自信が小さな身体に漲っている。

「調子に乗るな。過信は禁物だと、菊池彦様からも言われてるじゃないか」

そうこうするうち二人は、屋敷の庭に出た。木が伐り払われてそこだけ青い空が広がっている。

「わぁ！　すごい！」

小鳥が庭に向かって走った。庭の端は石造りの塀になっている。

「スゴイや！　湊が丸見えだ！」

塀に飛びついて身を乗り出し、危うく向こう側に転落しそうになりながら叫んだ。

百舌助も息をのんでその光景に見とれた。

アユタヤ王朝が置かれているアユタヤは、南シナ海のタイランド湾に注ぎ込む大河、チャオプラヤー川を遡った所にある。川幅の広い大河であるので、船の遡上も容易だ。

アユタヤは内陸に位置していたが、この当時、インドシナ半島随一の港湾都市でもあった。

ちなみに、このチャオプラヤー川とは、メナム川のことである。メナムとは現地語で〝川〟という意味である。現地人が「メナム」と言っているのを耳にした外国人が、この川の名はメナムだと誤解したわけだ。明白な誤訳であるので最近の教科書にはメナム川とは書かれていない。

大河に沿って広がっているのは、広大な平原である。肥後の熊本も広い平野だが、これほどの広大さはない。見ている二人は目が眩みそうになった。

山田長政の屋敷は、高い所に建っているとはいえども、それほどの高所にあるわけではない。せいぜい人の背丈の三人分ぐらいであろう。しかし周囲が余りにも平坦に開けているので、ずいぶんと高い所にいるような気がした。

「まるでこの世の真ん中にいるみたいだ」

小鳥が漏らした感想に、百舌助も思わず頷いた。

川沿いに何艘かの大船が繋留されている。川底の深さの関係で、ここまでは遡上できても、この先には進めないのに違いない。

二人の横に立った山田長政が、一艘の和船を指さした。

「そなたたちが乗ってきた、高木作右衛門《たかぎさくえもん》殿の船だ」

二人は「おお」と声を揃えた。

高木作右衛門は長崎の豪商で、町年寄でもある。町人社会の肝煎《きもい》りだ。百舌助たちは末次平蔵の口利きで、高木作右衛門の船に乗せてもらい、このアユタヤまで旅してきたのであった。

白い温気《うんき》の中に佇むその船は、あまりにも小さく、頼りなく見える。

「よくぞ、あんな小さな船で、遥々長崎から旅して来れたものだなぁ……」

百舌助が思わず呟く。ここから見ると玩具の船のようだ。指で弾いただけで沈没しそうである。

「船に乗っていたときには、とんでもなく大きな船だと思っていたのに」

それほどに世界は広い。

(菊池彦様は、こんなに広い世の中を、ずっと前から旅してこられたんだなぁ)

だからこそ、あんなに大きな人物になったのか。

(菊池彦様に命じられたから、このわしも、こんなに大きな世の中を見ることができたんだ)

いかに感謝しても、感謝し足りない。

山田長政が百舌助に訊ねた。

「長崎には、キリシタン武士が大勢集まっておったか」

百舌助は頷いた。

「渡海を待って、船の順番待ちでしたよ」

「うむ。キリシタン武士たちはフィリピンのマカオに向かうであろう。あそこには大司教の教会があるからね」

百舌助は、おずおずと訊ねた。

「菊池彦様は、日本の浪人衆は明国を救うために闘うのだと言ってました」

「そうだな。しかし、明国にキリシタンの教会はない。キリシタンの暮らしは教会が中心だ。教会のない場所では生きて行けぬ。必ずやこの南蛮に向かってくるはず。我らはそれを迎え入れなければならない」

「キリシタンは、この異国で生きて行けるのでしょうか」

百舌助が不安そうに訊ねると、山田長政は自信ありげに笑みを含んで頷いた。

「この長政がある限りなんの心配もいらぬ」

山田長政は、日本国から大量に出国するであろうキリシタン武士を集めて、何事かを目論んでいるらしい。百舌助の目にはそのように映った。

(きっと、この南蛮に、もっともっとたくさんの日本人街を造ろうと考えておられるのに違いないな)

その壮挙には菊池彦、すなわち信十郎の思いも籠められている。

（だからオイラたちがアユタヤに送られてきたんだ）

自分たちこそが、海外に飛躍する菊池一族の、第一世代となるのである。

（この広い南蛮が、新しい菊池ノ里だ！）

百舌助の心は躍った。

そのときであった。

突然、どこか遠くから、雷のような音が聞こえてきた。その衝撃で大気が震え、百舌助の腹部も震えた。

百舌助は仰天して、轟音が聞こえてきた方向に目を向けた。

その瞬間、湊で大きな水煙が上がった。桟橋に繋留されていた小型のジャンクが、破片を飛び散らしながら転覆した。

百舌助は何が起こったのかまったくわからず、愕然と目を見開いている。

「イスパニアの船だ！」

山田長政が叫んだ。

百舌助は長政のほうを見て、それからまた湊に目を向けた。チャオプラヤー川の下流の、白く霞んだ温気の中から、黒々とした巨大な船が姿を現わした。帆柱は驚くほどに高い。横に張られた帆桁が十字を描いている。まるで、キリシタンが首から下げたクルスのようだ、と、百舌助は思った。

館の中から使用人たちが駆けつけてきて、声高に何かを報告した。山田長政は大きく頷き、それから百舌助と小鳥に顔を向けた。

「そなたらはここにおれ！　この屋敷なら、イスパニア兵が上陸してまいろうとも、しばらくは持ちこたえることができる！」

そう言い残して走り去った。イスパニア軍を迎撃するために、湊に向かうのに違いなかった。

百舌助も小鳥も、茫然として見守るしかない。

（これが、南蛮人の戦か！）

百舌助は激しく身震いしながらも、

（この一戦は目に焼きつけて、菊池彦様に伝えなければならない）

と、思った。

イスパニアの船の舳先で、盛大な白煙が上がった。

（大筒《おおづつ》を撃ったんだ！）

直後、別のジャンクの帆柱が吹っ飛んだ。ジャンクは炎を上げながら、ゆっくりと沈みはじめた。

ジャンクにも防衛用の大筒が積まれている。その火薬に引火したのであろう。ジャンクの船体は大音響とともに爆発した。

イスパニアの船は、何艘も、列を作って遡上してきた。大筒の白煙が次々と上がる。

「ああっ！　高木の旦那の船が、やられているよ！」

小鳥が悲鳴をあげた。イスパニア海軍は、湊のすべてを破壊し尽くすつもりなのであろう。船籍にはお構いなしに大砲の弾を浴びせている。

「オイラたちが乗ってきた船が沈められちゃう！」

小鳥と百舌助の見守る中、高木作右衛門の船は砲弾を受け、チャオプラヤーの川底に沈んでいった。

第三章　渡海延期

一

十日を経ずして、アユタヤの異変は長崎にまで伝えられた。明人倭寇、一官党の早船が黒潮に乗って日本に急行してきたのである。

「どえらいことになったとよ」

鄭芝龍が長崎の湊の桟橋を走りながら叫んだ。

「長崎じゅうがひっくり返るような騒ぎたい」

信十郎は急の報せを耳にして、肥後の菊池ノ里から走ってきた。

長崎からの使い（末次平蔵の屋敷に置いてあった菊池の若者）が一昼夜で菊池ノ里

に駆け戻り、その報せを受けた信十郎は、やはり一昼夜で長崎に駆けつけた。菊池ノ里の意を受けた馬借が馬を供出し、一官党と親しい船頭が早船を出してくれたからこそ、この速さで長崎に戻ることができたのだ。

長崎に着いた彼が見たものは、湊を出て行く無数の船の姿であった。

桟橋には、積み荷が山のように残されている。唐入りのための武器や糧食だ。そしてキリシタンたちの家族、二百名ほどが、茫然とその場に突っ立っていた。

「急いでアヤタヤにば駆けつけなければいけんけん、重い荷物は置いてゆくたい。もちろん、キリシタンを乗せてやることもできなかとよ」

その代わりに、鉄砲を担いだ水兵たちと、大量の火薬が積み込まれようとしていた。

「イスパニアとの大戦《おおいくさ》たい」

鄭芝龍の巨大ジャンクは、平時には貨物船として交易に従事しているが、戦時には軍艦となって戦う。貨物船としても軍船としても破格の巨船だ。

鄭芝龍は、船内に向かって渡した板の前で足を止めた。

「オイが行かんと戦にならんと。イスパニアは五隻もの軍船を送ってきたという話たい」

「なにゆえ、こんな事になったのだ」

「アユタヤ王国は、山田オークヤーの働きで、何度もイスパニアに煮え湯ば飲ませてきたとよ。今度はその仕返したい」

「高木作右衛門殿の船まで沈められたと聞く」

鄭芝龍は深刻な顔つきで頷いた。

「そうたい。それがあるから、オイたち倭寇もじっとはしておれんとよ」

「なにゆえだ。どうして明人倭寇が、こうまでしてアユタヤの戦に関わる」

明人は祖国の救援を優先しそうに思える。

「高木旦那は、朱印状ば、持っておったと。朱印状は江戸の大君《タイクン》（将軍）が出したモンたい。朱印状ば持っとる船は、大君の命《めい》を受けて商売をしておることになるとよ。その船ば沈めおったと。江戸の大君も、長崎の奉行も、黙っておられるはずもなか」

将軍の権威が激しく損なわれたのである。三葉葵が踏みにじられたも同然であった。

徳川の政権は武断政治である。日本一強い大名だから、諸大名も畏れ入って従い、天皇家も将軍位を授けてくれるのだ。

その将軍家よりも強い者が、たとえ外国人であれ、出現したとなればどうなるか。

誰も徳川家には従わなくなる。弱い者にくっついていても仕方がないからだ。かくして幕府は崩壊する。

「オイたち倭寇も、朱印船で儲けさせてもろうとる。大君のお怒りば鎮めるために働かねばならんと。それにくさ、南の海でイスパニアにでかい顔ばされては、これからの商売がしづらくなるたい」

「明人倭寇は、なにゆえそうまでして、徳川に味方するのだ」

「江戸の大君は、イスパニアのような大船は持っておらんばい。海の向こうと商売しようと思えば、どうしたってオイたち倭寇ば使わんとならんとよ。オイたち倭寇は大君の貿易のお手伝いで大儲けばできる。オイたちにとっては徳川がなにより一番大切たい」

祖国の救援よりも商売のほうが大事。そのように考えている様子であった。

そもそも明国は、禁海政策で海の通商を禁止した。それがゆえに明国人の海商たちは日本に逃れ〝倭寇〟になったのだ。

（祖国の心配より、日本国の事情を優先するのも当然か……）

信十郎はそう思った。

いずれにせよ、日本国にとっては心強い海軍力だ。もちろん、アユタヤの山田長政にとっても心強い援軍であるのに違いない。

（百舌助と小鳥はどうなったであろう）

あの二人のことだから、やすやすと捕まるようなことはあるまいが、山に逃げ込んだとしても、猛獣や毒虫がたくさんいる。山中で人と出会っても、言葉も通じぬのでは、助けを求めることもできない。

遠い海の向こうの話だ。何が起こっているのかさっぱりわからぬ。心配のしようもない。

(山田殿の御武運を祈るしかないな)

そのとき、船中から早口の外国語を喋りながら、珍元贇が降りてきた。なにやら憤っている様子であるが、珍元贇の言葉は信十郎には聞き取ることができない。信十郎も、南洋の共通語である広東語ぐらいは操ることができるが、明国にはいくつもの言語があるらしく、内陸の言葉で会話されるとお手上げであった。

一方の鄭芝龍は、珍元贇の言葉を聞き取ることができるらしい。同じ言葉で何事か、言い返した。

珍元贇は信十郎にも鋭い視線を向けてきた。

「珍師はだいぶお怒りのご様子ですな」

日本語で語りかけると、万能の天才と謳われた若き高僧は、流暢な日本語で答えた。

いったい何カ国語を喋れるのであろうか。

「アユタヤの騒ぎのせいで、明国へ兵を送ることができなくなりました。一日遅れれば、その分だけ明国の国土が失われます」

珍元賛は僧侶とも思えぬ険しい目つきで、北西の空を睨みつけた。その方角には明国の宿敵、女真族の領土がある。

「北狄《ほくてき》は馬を良く使う。一日に数十里をも、掠め取るのです」

珍元賛とすれば気が気ではないのに違いない。しかし、兵を運ぶ明人倭寇にとっては、アユタヤという一大交易都市を奪い取ろうとするイスパニアのほうが脅威だ。江戸の幕府も、将軍の朱印船を沈められた仕返しをしなければならない。

珍元賛は憤怒を隠そうともせず、荒々しげな態度で末次平蔵の屋敷へと戻って行った。救国軍の出兵直前に、派兵が中止になったのだ。その怒りと絶望のほどが偲ばれた。

おそらく、駿河の忠長も同じように憤り、焦燥に身を揉んでいるのに違いない。

（宥めに行かねばならぬな）

大将軍として出陣する寸前で足止めをくらった忠長は、珍元賛の何倍も、激しく憤るに違いなかった。

（駿河に行こう。それから江戸の秀忠殿にも、事の次第を伝えておかねばなるまい）

信十郎は鄭芝龍に、百舌助と小鳥の救出を頼んだ。

「それはお安い御用ばってん、シンジュウロは行かんと？」

「アユタヤに駆けつけたいのは山々なのだがな……」

百舌助と小鳥のことよりも、忠長のほうが案じられる。憤りに我を忘れた忠長に、おかしな振る舞いをされたら日本国の天下万民が迷惑する。

鄭芝龍は自信ありそうに頷いた。

「そげんことなら駿河に行ったらよか。アユタヤのことは、何も心配いらんたい。幸い、オイたちには日本の浪人衆がおると」

「どういうことだ」

「明国に送るはずだった浪人衆をアユタヤに連れて行くったい。イスパニアがどれだけ兵を運んできたかは知らんとじゃが、日本の浪人衆は鉄砲の扱いも上手《うま》か。アユタヤには戦上手の山田旦那もおる。まず、負ける心配はなかとよ」

「明国救援の兵をアユタヤに回すつもりか！」

珍元贇が僧侶らしくもなく、激怒を面に現わすわけだ。

信十郎としては、日本の浪人たちに新しい生き場所が見つかればそれでよいわけだから、浪人衆の向かう先が女真族との戦場であろうと、アユタヤであろうと、どちらでも問題はない。

「しかし……、南蛮に赴くのであれば、あの者たちを連れて行けばよかろうに」

信十郎はキリシタンたちに目を向けた。いまだ湊で、成す術《すべ》もなく立ちすくんでいる。

「南蛮にはキリシタンの寺もあると聞く。キリシタンたちは南蛮に行きたがっておったはずだ。ちょうど良いではないか」

先日見かけた老武士のような強者も、キリシタン武士の中にはいる。

「それはできん相談たい」

鄭芝龍はきっぱりと断った。

「なにゆえだ」

「攻めて来たのはイスパニア。キリシタン衆にとっては、神国からの天兵に見えとるかもわからんもん。イスパニアの船にはバテレンが必ず乗っとる。バテレンに説教を聞かされて、イスパニアに帰依《きえ》して、オイたちに攻めかかってこんとも限らん」

「なるほど」

若き日の家康も、一向宗に帰依した家臣団が突如として寝返るという、苦い経験をしている。こういう恐ろしさを知っているから、家康は、キリシタンに心を許すことができなかったのだ。

信者たちにとっては裏切りではない。現世《げんせ》の主に仕えるか、来世《らいせ》の主に仕えるかの選択だ。キリシタンも一向宗徒も、来世の主に仕える道を選んだだけである。

とにもかくにも、キリシタンたちは乗船を拒否されて、湊に下ろされてしまった。

（致し方あるまいの）

この船のことは、船長《ふなおさ》である鄭芝龍に決定権がある。海の上では船長の権威は、何《なに》人《びと》にも侵すことはできない。

「武運を祈っておる」

「おう。勝報を待つがよか」

「百舌助と小鳥のこと、頼んだぞ」

「任せておけ。そっちこそ、オオゴショサマとダイナゴンサマのご機嫌取りを頼む」

「これは大役だ」

二人は笑顔で別れた。不安がないわけではないが、出陣に不吉な顔つきは禁物であった。

鄭芝龍の巨大ジャンクは長崎の湊を離れた。代わりに日本の安宅船《あたけぶね》が入港してきた。

安宅船とは大砲を積載した軍船のことである。長崎の港内には、南蛮人の船が何艘か寄港していた。アユタヤの騒動のとばっちりを受けて拘留されてしまったらしい。南蛮船が湊から出て行かないように、安宅船はその進路を塞ぐようにして停泊した。

砲門の板戸が開けられて、これ見よがしに大筒が突き出されてくる。南蛮船に砲門を向けたまま湊の出口に留まりつづけた。

二

南蛮で異変があったという報せは、間もなく江戸にも届けられた。

「これぞまさしく、天佑神助《てんゆうしんじょ》」

江戸城、表御殿の老中用部屋で、土井利勝はにんまりとほくそ笑んだ。手には長崎奉行所から届けられた書状がある。土井利勝は何度も目を通してから、顔を上げた。

「明人の海賊どもは、皆、アユタヤに向かったか」

一官党のような海商たちのことを明人は倭寇と呼んでいるが、日本人は海賊と呼んでいた。

海賊といっても盗賊だと思っているわけではない。幕府は、自分たちの水軍奉行である向井《むかい》家の船乗りたちのことをも海賊と呼んでいる。向井家の屋敷の近くに架けられた橋には、海賊橋の名がつけられていた。

それはさておき土井利勝は、アユタヤの異変を知って、満足そうに微笑んだ。

「これで、大納言の渡海は、先送りとなったな」

日本の船、例えば徳川水軍の船では、海を渡ることはできない。日本の軍船には龍骨がなく、外洋航海に不向きだからだ。

「これですこしばかりの時を稼ぐことができた」

この時間を有効に使って、打つべき手を着々と打たねばならぬ。

「まずは搦手《からめて》より手を回すといたすか」

土井利勝は胸中の秘策を何度も練り直しながら、立ち上がった。

「波芝ッ！　いったいどうなっておるのだッ」

駿府城の広間に足を踏み入れるなり、予期していたとおりに、駿河大納言忠長の怒声が降ってきた。

（爽快な御仁だな）

信十郎は思わず微笑みそうになったほどだ。

為政者たちは滅多に本心を打ち明けないし、顔にも出さない。特に徳川家の老中や役人たちは、家康譲りの陰険な策謀家が多かった。

（その点、忠長殿はわかりやすくてよい）

忠長が何を考えているのか、何を求めているのか、あるいは、その結果に満足しているのかどうかが一目でわかる。

（信長公が、あのお人柄にもかかわらず、多くの名臣を集め得たのは、何を考えているのかがわかりやすい主君だったからに違いあるまい）

信長と忠長は気性が似ているという。

（しかし、笑ってもいられぬぞ）

事情を説明して納得してもらわねばならない。これは大変な難事である。

信十郎は忠長の正面に着座して、平伏した。

「波芝、只今、長崎より戻りましてございまする」

信十郎は、一官党の伝《つて》を使って、瀬戸内海を早船で急行し、大坂からは忍びや山伏など、道々《みちみち》下生人《げしようにん》だけが知っている間道《かんどう》を縫い、駿府に戻った。

（どうやら、珍師より早くに帰り着くことができたようだ）

出兵を焦る珍元贇に剣呑な話を吹き込まれる前に、こちらの意を伝えておかねばならなかったのだ。

忠長はほんの僅かな時間も待てぬと言わんばかりに、身を乗り出してきた。

「いったい何事が起こっておるッ！　なにゆえ、わしの軍兵を運ぶはずであった船が、南蛮に向かってしまったのだ！」

座所から飛び下りてきて、信十郎の胸ぐらなど摑みかねない怒り様だ。

信十郎は努《つと》めて穏やかな口調で答えた。

「アユタヤに、イスパニアの船が攻めかかってまいりましたのでございまする」

「なにっ！　アユタヤと申せば、あの山田長政が仕えておる国じゃな」

「いかにも。山田オークヤー様は、二度にわたってイスパニアの軍船を退けてございまする。どうやら、此度の戦はイスパニアの報復かと思われまする」

「戦上手の長政のことじゃ。おめおめと後《おく》れは取るまいが……、しかし、それがなんとした」

「まことに申し上げにくいことながら、イスパニアの船が攻め寄せてまいりました際、アユタヤには長崎の町年寄、高木作右衛門殿の御朱印船が停泊しておりました」

「朱印船じゃと？　徳川の意を受けた交易船じゃな」

「御意。おそれ多くもイスパニアは、御朱印船をも沈めたとのこと」

「なにっ！」

忠長の顔が朱に染まった。のみならず拳を握って立ち上がった。

「そ、それは、徳川の体面が踏みにじられたも同然ではないかッ！」

「御意」

信十郎はすかさず平伏して、同意したふうに装う。

「九州に集《つど》いし明人倭寇は、大公儀に心を寄せる者たちばかり。明国人ではございまするが、将軍家への忠節に嘘偽りはございませぬ」

実際には、日本を拠点にした貿易の利に釣られて集まっているだけなのだが、そういうことにしてしまう。

「明人倭寇は、将軍家の御面目が損なわれたままにしてはおけぬと思慮つかまつり、急ぎイスパニア勢を懲らしめ、将軍家の御威光を南蛮諸国に知らしめんものと、アユタヤに急行いたした次第にございまする」

「う、ううむ……、なるほど、かような次第であったか」

「明人倭寇の振る舞い、褒められてこそ然《しか》るべしと、この波芝は愚考つかまつりまする」

「わしとの約束を反故《ほご》にしたのではない、と申すのだな」

「明人倭寇は東照神君様の御代より御朱印を賜り、そのご恩に報いんと欲しておりまする。忠節は疑いのないところにございまする」

忠長はなおも顔を真っ赤にさせて唸っていたが、家康を引き合いに出されては敵《かな》わない。ついにはドッカリと腰を下ろした。

「あいわかった！ 左様ならば明人の海賊どもの振る舞いは咎めぬ！ 否、褒めて遣わす！」

「有り難き幸せ。かの者どもに代わりまして、御礼申し上げまする」

信十郎は深々と低頭した。

そこへ、取りなし上手で苦労人の朝倉宣正が入ってきた。宣正の巧みな話術に誘われつつ、長崎の様子などを語って聞かせているうちに、忠長の気色もようやく晴れてきた。

「じゃがなぁ、わしの軍兵となるはずであった浪人衆を、アユタヤに連れて行かれてしまったのは業腹《ごうはら》じゃぞ」

忠長とすれば、手足をもがれた気分であるに違いない。すかさず宣正が笑顔を向けた。

「大納言様の軍兵は、ほかならぬ駿河五十五万石にござる。浪人衆など烏合《うごう》の衆。大納言様には我ら家中の武士が供奉《ぐぶ》しておりまする。お心を安んじられませ」

「わかっておるわ。年寄りはいちいちくどい物言いをいたす」

「これはしたり」

「子供時分の傅役《もりやく》などを家老に据えるのではなかったわ。いつまでも子供扱いされてかなわぬ」

などと憎まれ口を叩く忠長であったが、そこは父と子のように日々を送ってきた主従だ。馴れ合った親しさがそこはかとなく伝わってきた。

信十郎は、

(朝倉殿がついておられる限り、忠長殿は心配あるまい)

と、思った。

「波芝、馬を責める。ついてまいれ」

気晴らしに、遠乗りに出掛けるつもりらしい。信十郎は（行かせても良いのか）と、朝倉宣正に目で確かめた。

宣正は、

「お頼み申す」と頭を下げた。

さすがの附家老も、若い忠長の遠乗りにはついて行けないようだ。きっと凄まじい暴走ぶりを見せるのに相違なかった。

三

アユタヤの事変以来、長崎は物々しい空気に包まれていた。長崎代官の末次平蔵も、席の温まる暇もない毎日を送っている。

末次平蔵はこの年、八十一歳になる。当時としては驚異的な長寿者だ。つるつるの禿頭で、白いひげを長く垂らしている。明人倭寇たちはその姿を見て「長崎の仙人」などと呼んでいた。

高齢ではあるが、知力、体力ともに衰えは見られない。血色の良い艶々とした肌で、精力的に長崎の坂道を駆け回っている。

平蔵はおのれの屋敷に戻ると、おのれの座敷に向かった。畳の上に胡人《こじん》の机と椅子が置いてある。平蔵は椅子に腰を下ろし、机に置かれた書状に目を通した。それは南蛮からの早船が伝えてきた、報せであった。

「高木作右衛門の船頭たちは、マカオに連れて行かれたか……」

アユタヤの湊を襲撃したイスパニア軍は、破壊した船の積み荷を奪い、船員たちを捕虜として連れ去ったという。山田長政が配下の日本浪人衆を組織して駆けつけてきたときには、もう、戦利品とともに外洋に去っていた――とのことであった。

陸の上では無敵を誇った日本兵も、船がなくてはどうにもならない。長政は歯ぎしりをして、イスパニアの船を見送るしかなかったのだ。

末次平蔵は別の書状に目を通した。それはマカオからの密書であった。

戦争と商売は別物なので、フィリピンのマカオにも、長崎と商いをしている商人たちが山ほどいた。それらの商人たちが平蔵に報せを寄せてくれるのだ。明人の海商や日本人街の商人たちはもちろんのこと、金さえ出せばイスパニアの商人だって、秘密の情報を流してくれる。当時の日本は銀の生産ラッシュであったから、いずこの商人も、長崎のご機嫌を伺っていたのだ。

イスパニア軍の動きは筒抜けに、長崎まで伝えられてくる。

（よもや、無体な振る舞いには及ばぬと思うが……）

長崎との商いを大事にするなら、長崎の船乗りを殺すはずがない。

そう思う一方で、重大な懸念もあった。

（大公儀は、バテレン様たちを殺しすぎた……）

徳川幕府は、キリシタンの禁令と宣教師の国外退去を通達したが、そのような命令に臆するようでは宣教師はつとまらない。次から次へと日本に密航してきては、信者の数を増やしていく。業《ごう》を煮やした幕府は、宣教師たちを捕縛して磔刑《たっけい》に処した。

当時の世界は政教一致で、ヨーロッパの王室はローマ法王から神権を授けられている。ヨーロッパ諸国の王族たちは日本の振る舞いに激怒した。

もしも日本がもうすこしヨーロッパに近い所に位置していたら、十字軍が押し寄せてくるところであった。

（見せしめとして、日本の船乗りたちを殺したとしても、不思議ではない）

マカオにはキリシタンの大寺院がある。そこに連れて行かれてしまったことが不穏だ。やはりキリシタンたちは、仕返しを目論んでいるのではあるまいか。

末次平蔵は湊に目を向けた。抑留中の西洋帆船が見えた。

その船の船籍はポルトガルであったが、ポルトガルとイスパニアはほとんど同じ王室によって統治されている。平蔵はその事実を知っていた。

（ポルトガルの船長を使者に立てれば、和睦がならぬこともあるまい）

表向きは、朱印船を攻撃した罪を声高に譴責《けんせき》するが、裏では大量の銀を持たせてやる。マカオの寺院の、キリシタン高僧への贈物だ。

（必ずや、人質を送り返してくれるはずじゃ）

きっとそうなる。否、そういう運びに持ち込んでやる、と、末次平蔵は決意した。

そのときであった。屋敷に仕える手代が座敷に入ってきた。

「申し上げます。江戸の――」

と言いかけて、声を落としてすり寄ってきて、末次平蔵の耳元で囁《ささや》いた。

平蔵の片方の目がカッと見開かれた。もう一方の目は不快そうに顰《ひそ》められている。

「土井大炊頭様のお使いじゃと?」

暫しのあいだ考え込んでから、質《ただ》した。

「なにゆえ長崎奉行所ではなく、わしの屋敷に押しかけてきたのであろう」

手代も青い顔で答えた。

「わかりませぬ」

平蔵は渋い表情で立ち上がった。

「とにかくじゃ、お通し申せ。わしもすぐに行く」

手代が出て行き、一人残された平蔵は険しい顔で窓の外を見つめた。

「なにゆえじゃ。なぜ、今なのじゃ」

油断はならぬ、と平蔵は思った。なにやら悪い予感がする。

土井大炊頭利勝の使者は、まだ二十代半ばの若侍であった。色が白く、痩せている。目も眉も細くて、ひげはほとんど生えていない。いかにも賢そうな面相で、目つきも鋭く、人を小馬鹿にしたかのような、酷薄な笑みを浮かべていた。

平蔵は若侍を和室の座敷に通した。平蔵自身は下座の畳の上で、恭《うやうや》しく平伏した。

「遠路遥々、ようこそ長崎にまで足をお運びくださいました。手前が長崎代官を拝命つかまつっております、末次平蔵にございます」

土井利勝の使者は、僅かに顎を引いて頷き返した。

「土井家用人、大原頼母《おおはらたのも》と申す。大炊頭の内意を受けてまいった」

「ハハッ」

平蔵はますます深く拝跪《はいき》した。

戦国時代からこの長崎を牛耳《ぎゅうじ》り、秀吉にも近仕した平蔵から見れば、二十代半ばの老中用人など、嘴の黄色い雛《ひよこ》に過ぎない。しかし相手が老中の意を受けているとあっては仕方がない。土井利勝に対するように丁重に接するしかなかった。

「大炊頭様のお言葉、謹んで承りまする」

用人は「うむ」と答えた。

　ここで、京都の公家人や、その風儀に習った豊臣家の者であれば、時候の挨拶などゆるゆると交わし、空気をほぐしてから語りだすのだが、なにぶん徳川のやり方は一事が万事、三河の田舎風である。いきなり本題を持ち出してきた。

「アユタヤでのこと、江戸表にまで伝わっておる」

「ハハッ」

「上様が発給した朱印状を携えし船を沈め、その船乗りを連れ去ったと聞く。これは公儀に対する戦にほかならぬ」

　同意するのも、反論するのも危ういと判断し、ここは「ハハッ」とだけ、答えておいた。江戸の幕府の腹の内が読めぬうちは、ろくろく返事もままならない。

「上様は、大層なご立腹だ」

　それはそうであろうと平蔵も思う。

「手前どもも、イスパニアを誅伐《ちゅうばつ》せんと欲しまして、明人倭寇に命じ、浪人衆をアユタヤに送りましてございまする。間もなく勝報が届けられましょうほどに、上様にはお心を安んじられまするよう、左様、お伝え願いまする」

「うむ。浪人どもを遣わしたことは、良き思案であったと、上様の覚えもめでたい」

「有り難き幸せ」

「なれど」

用人の目が、細い瞼の底で冷たく光った。

「もう一つの懸案が残っておるようだな？」

平蔵は内心、（来たな）と感じて気を引き締めた。これからがいよいよほんとうの本題なのに違いあるまい。迂闊に答えると長崎の将来に禍根を残す。

「懸案……でございますか」

用人はますます鋭い顔つきで答えた。

「キリシタン浪人どものことじゃ。柳営《りゅうえい》は、たいそう憂慮なさっておられるぞ」

柳営とは幕府のことである。

「キリシタン浪人どものことでございましたら、大御所様より、唐入りの先鋒とせよとの御内命を賜っておりまする。キリシタン浪人どもはこの日本国には要らぬ者ども。異国に送り出すと同時に、明国救済の義戦の先鋒とする。さすがは大御所様、一石二鳥の名案だと、感服つかまつっておりまする」

「しかれども！」

用人が声を鋭くさせた。

「キリシタン浪人どもは、いまだ、この九州に留まったままじゃ」

「かの者どもは、天主《デウス》を信仰しておりますゆえ……」

「イスパニアとの決戦に送るわけにはゆかぬ、という、そのほうの懸念もよくわかっておる」

「されば……」

「しかれども、かの者どもを、この日本国に留めておくことも、また危うい！　イスパニアに煽動され、日本国のキリシタンどもが決起したらなんとする」

たしかに、その懸念は大いにあると、平蔵も思っている。しかし――、

（キリシタン浪人とて、鬼や魔物ではない。彼らが挙兵したとて、大公儀や、九州の諸大名の力で鎮圧できるはずだ……）

幕府は必要以上にキリシタンを恐れているのではないのか。そもそもキリシタンには地盤がない。領地もなければ、戦を戦い抜くための米や軍資金もない。挙兵した瞬間に、干し殺しにされるに決まっているのだ。

キリシタン浪人など放っておけば良い、と末次平蔵は思う。

（これ以上、キリシタンを殺して、南蛮の諸国を怒らせるのはまずい）

キリシタン救済を名分にして、軍兵を差し向けられないとも限らない。

末次平蔵は顔を上げた。

「大公儀におかれましては、キリシタン浪人どもをいかにせよとの、ご下命にございまするか」

「東照神君様の御遺訓のとおりじゃ。棄教をさせよ。さもなくば磔《はりつけ》じゃ」

それはあまりに乱暴な――と平蔵は思った。

(長崎じゅうを巻き込んでの騒乱となる)

この長崎にいったいどれほどのキリシタンがいると思っているのか。

(公儀は、西国のことを良くわかっておられぬのだ)

逆に、長崎の民も、江戸の政権のことを理解していない。なにしろ江戸は遠い。山陽道と東海道を陸路で行けば、一月《ひとつき》以上の時間がかかる。

それに対して異国は近い。海を渡ればすぐそこに朝鮮や明国や高砂やフィリピンがある。長崎の民とすれば、はるか彼方の江戸の政権に従っているよりも、異国と仲良くやっていったほうが、はるかに利益が上がるのだ。

平蔵は黙考しつづける。

(南蛮人や紅毛人は、キリシタンを弾圧する者を許さない)

これ以上の弾圧を幕府が敢行すれば、イスパニアやポルトガル、オランダや英国の船は、日本の船を宿敵と見做し、狙いすまして襲いかかってくるだろう。長崎の商人としては、商売がやりづらいことこの上もない。

「気が進まぬようだな？」

平蔵の顔色を目敏《めざと》く読み取って、用人が声をかけてきた。

「気が進みませぬ」

平蔵は正直に答えた。

用人は、険しく、冷たい顔つきで言った。

「今度ばかりは柳営のご意志は固いぞ。長崎が否と申したのなら、こちらにもやりようがある——というのが、ご老中のお言葉じゃ」

「何をなさろうと仰るのです」

「金主をやめる、との仰せだ」

「な、なんと……！」

平蔵は愕然とした。白髪の髭が震えた。

日本の輸出の主力品目は銀である。長崎も銀の輸出で大きな利を得ている。その銀は銀山で産出される。そして日本国の銀山は、ほとんどすべてが、徳川幕府の直轄とされていたのだ。

用人は冷たい目で平蔵を一瞥した。細い目が一瞬、さらに細められた。平蔵をあざ笑ったかのように見えた。

「長崎が公儀の命《めい》に従わぬと申すのであれば、公儀は銀を長崎の商人には与えぬ。ご老中様方の投げ銭もなくなろう」

投げ銭とは投資のことである。長崎の商人は大名に金を借りて商売をしている。その金を引き上げると言われたら、どうにもならない。

用人は蛇のように嫌らしい顔で笑った。

「どうする。長崎は立ち行かなくなるぞ」

平蔵は唇をわななかせながら食い下がった。

「交易の拡充は、東照神君様よりの祖法にございましょう。公儀は、大きな利を得ておられまする」

「左様じゃな」

「ここで公儀がキリシタンを弾圧することは、公儀の貿易に益することはございませぬ。公儀が対外貿易から手を引くのと同じことにござる。公儀が貿易から手を引けば、交易の利は、西国の外様大名の手に渡りまするぞ」

末次平蔵は商人ではあるが長崎の代官だ。幕府の役人でもある。幕府の一員として、忌憚《きたん》のない意見を述べた。

「みすみす外様大名に利をくれてやることもなかろうかと存じまする」

しかし用人は、顔色も表情も変えることはなかった。平蔵の意見を汲み取ったようには見えなかった。

「そのほうの申し条は、そのままご老中に伝える。なれど、此度ばかりは柳営も本気じゃ。今までのような、口先ばかりの禁令ではないぞ。それは覚悟しておけ」

「いったいなにゆえ、そうまでして公儀は、キリシタンを憎むのでございましょう」

用人の顔から表情が消えた。まるで能面のようになった。

「もしも南蛮諸国が日本国に攻めかかってきたら、どうなると思う。キリシタンどもはどうすると思う？　公儀の命《めい》に従うか、それとも南蛮人の命に従って、江戸に攻めかかってまいるか」

「それは……」

西国のキリシタンたちにとって、江戸の政権は敵である。

平蔵が答えられぬのを見て取って、用人の声がさらに凄味を増した。

「しかもじゃ、キリシタンどもが駿河大納言様を旗頭としたら、どうなる」

「公儀は、そこまでお考えで……」

「これは拙者の一存、老婆心で申すのだが、駿河大納言様への挨拶には十分に留意したほうが良かろうぞ。下手をするとこの長崎まで潰されかねぬ」

平蔵はギョッとした。

(まるで……、駿河大納言様が、公儀の敵であるかのような……)

家光と老中たちは、本気でそのように考えているのであろうか。

用人は腰を上げた。

「返答は、早々に、早馬にて江戸に送ること。よいか、長崎が公儀に攻め潰されるか、それとも今後も公儀の御用を勤めていくかの切所《せっしょ》じゃぞ。心して返答いたすがよい」

用人は座敷から出て行った。平蔵は平伏して見送った。

足音が遠ざかり、平蔵はようやく顔を上げた。

「いったい、江戸で何が起こっておるのか……」

キリシタン弾圧は口実で、実は駿河大納言忠長との戦争が始まりつつあるのかもしれない。

(しかし、なぜ)

今度の出兵は、大御所秀忠の命令で始まったことではなかったのか。駿河大納言忠長は将軍家光の弟。海外派兵軍の大将として、もっとも相応しい男だ。だから長崎も安心して、渡海の労をとってきた。

（わからぬ！）

平蔵は立ち上がり、窓辺に寄って眼下の湊を見おろした。

（家光と忠長、どちらにつくかで、長崎の命運は分かれる）

江戸がどうなろうと知ったことではないが、長崎を滅ぼすことはできない。

（致し方なし。キリシタンを追い払うといたすか……）

形だけでも禁令に従っているふりをする。表向きは弾圧しているように装いながら、キリシタンたちをどこかへ逃がす。

（肥前や肥後の島々がよかろう）

肥前と肥後の地は、かつて、キリシタン大名が統治していた。しかも無人島が無数にある。それらの島々には明人倭寇が湊をおいているので、食料の供給も難しくはないはずだ。

「ようし、それだ」

平蔵は双眸をカッと見開いた。公儀に対しては面従腹背、長崎は長崎のために生きる道を模索する。

「徳川家などに負けてなるものか」

八十一近い老人とは思えぬ眼光を、末次平蔵はたぎらせた。

四

「そのほう、いったい何をした」

御簾の向こうに座る南朝皇帝が質《ただ》してきた。

八丁堀にある塔頭寺院。御堂の中で伊達政宗が平伏している。深夜であるから聞こえてくるのは波の音だけだ。

燭台が一本、灯されただけの堂内は暗い。南朝皇帝の姿も微かにしか見えない。

「江戸城の老中どもが慌てふためき、なにやら蠢動《しゅんどう》いたしはじめた様子じゃ。おおかた、そのほうの策が功を奏したのであろう。そこで訊ねる。いったい何をしたのじゃ」

「拙者の策が功を奏した、などと、恐れ多いお言葉にございまする」

政宗は深々と拝跪してから、答えた。

「存じよりのバテレンに、書状を送っただけにございまする」

「バテレンに書状だと」

「ははっ」

「そのほう、南蛮人に知遇を得ておるのか」

政宗は不敵に笑った。

「拙者がかつて、太秦《ローマ》の王に遣いを送りしことは、知る人ぞ知るところにございまする」

「そのような噂なら、朕も耳にいたしておるわ」

「左様にございましょう。陛下がキリシタンの処遇について、この政宗にご下問くださったのは、この政宗にキリシタンの知識があると見込まれたからこそと存じあげまする」

臣下の身でありながら、図々しくも皇帝の胸中を忖度《そんたく》する。南朝皇帝はわずかに気《け》色《しき》ばんだ様子だ。

「そなたが南蛮人の手を借りて、この日本国を我が物にせんとしたことは、わかっておるぞ」

「滅相もない」

政宗はわざとらしく、隻眼を剝いて慌てたそぶりをした。

「恐れ多くも南朝を裏切った徳川を誅伐せんとしたまでのこと！　裏切り者の徳川を誅伐しようにも拙者の軍兵のみでは力が足りず……致し方なく、異国の手を借りんとしたまで。拙者の野心や私欲などは、微塵もございませぬぞ！」

「見え透いた言い訳をいたすな」

放っておくといつまでも埒《らち》もない戯言《ざれごと》をつづけそうなので、南朝皇帝は政宗の口を封じた。

「それについては、ここで咎めるものではない。いったい、いかなる手蔓で南蛮人と繋ぎをつけておるのかと訊ねておるのじゃ」

「陸奥国は金が採れ申す。金を欲しがる南蛮の商人もあまたございまする。我が領内より掘り出された金は、九州平戸《ひらと》に商館を置く明国人によって、マニラへと運ばれまする。その際に書状を託したまで」

「南蛮人に、なんと申し送ったのだ」

「この政宗の隻眼で見たとおりのことを、知らせてやったまでにございまする」

「と言うと」

「徳川が大軍を仕立てて、明国や南蛮に兵を送らんとしておる、ということを伝え申した」

この場合の〝南蛮〟は、ヨーロッパではなく東南アジアのことである。

「なんじゃと！　こちらの手の内を敵方に晒したと申すか！」

「拙者が陛下より命じられたのは、駿河大納言卿の出兵を取りやめにさせ、かつ、キリシタンどもを大納言卿より切り離すこと」

「うむ」

「そのためには、異国の政情を変えることが一番だったのでござる。イスパニアが軍兵をよこせば、公儀もおいそれと明国に兵を送ることはできなくなり申す。下手をすると日本軍と明国軍は、女真族とイスパニアの大軍によって挟み打ちにされまする。臆病者の秀忠は、必ずや一旦は派兵を思い止まるはず」

「さもあろう」

「さらに申せば、日本国のキリシタンどもの情勢も危ういものがございまする。忠長の大軍が明国に渡ったのちに、日本国内のキリシタンどもがイスパニア軍と呼応し、日本国内で挙兵などしては、まったく手に負えなくなりましょう」

「左様じゃな」

「忠長は異国に取り残され、彼の地で虚しく屍《しかばね》を晒すことにも成りかねませぬ。忠長可愛さに目が眩んでおるのが大御所様。そのような危険をあえて犯すはずもないのでございまするよ」

政宗は皇帝の御前であることも憚らずにニヤリと笑った。

「しかして事は、拙者の思惑どおりに推移しており申す。忠長の派兵は取りやめとなり、幕府は明国の救済どころではなく、日本国内のキリシタンどもを弾圧せねばならなくなり申した」

「うむ」

南朝皇帝は御簾の向こうで頷いた。

「善哉《よきかな》」

「有り難き幸せ」

「しかし、そのほう……」

南朝皇帝は、一瞬見せた満足を、すぐに引っ込めて、言葉を濁らせた。

「……なんとも恐ろしき男じゃな」

味方ながら、その卑劣な策謀には嫌悪感を催さざるを得ない。南朝皇帝はそう仄めかしたのだが、政宗はいっこうに気にする様子もなく、朗らかな笑顔で答えた。

「拙者は毒にござる。毒は使いようによっては、このうえもなく頼りがいのある武器。また、匙加減では薬ともなりまする」

「おのれの口から申すな」

南朝皇帝は呆れたように吐き捨てた。

「大儀であった」

御簾の向こうの灯が消えて、南朝皇帝の影が消えた。

政宗は深々と拝礼した。


忠長の渡海軍が瓦解《がかい》したという報せは、数日遅れて秋田の本多正純の許にも届けられた。

例の老婆――に化けた忍びが、台所の土間で膝をついている。ちょうど今、報告を終えたところであった。

「左様か……」

正純は台所に面した座敷に置かれた、文机《ふづくえ》の前に座っている。静かに両目を閉じた。

「忠長の渡海軍、わしが手を下すまでもなく、勝手に自壊しおったか」

正純もまた、忠長を主将とした唐入りを頓挫させるべく、さまざまな陰謀を巡らせていた。しかし正純の、いかにも内政家らしい回りくどい策は、伊達政宗のいかにも戦国武将らしい、短兵急な策の前に無用のものとなったのだ。

正純はまだ、自分が政宗に後《おく》れを取ったとは気づいていない。忠長の野望は家光の掣肘《せいちゅう》によって砕かれたのだと思い込んだ。

（やはり、忠長は良き道具よ。徳川家を覆滅させるために必要じゃ）

忠長と家光を嚙み合わせることで、徳川の政権は潰れる。

（あと、ほんの一押し）

唐入りが頓挫したことで、忠長は怒り心頭に発しているに違いない。

（忠長めは兄を怨む。あ奴はそういう男だ）

そしてその憎しみを、家光も敏感に感じ取るのに違いなかった。

（兄弟手切れの大戦《おおいくさ》となろう）

かくして正純の、徳川家に対する復讐も成就するのだ。

「忠長の家光に対する怒りを、さらに掻き立ててやらねばなるまいの」

正純はそう呟いて、笑った。

五

駿河国から取って返した信十郎が長崎に入ったとき、彼が目にした光景は、さながら地獄絵図の様相を呈していた。

夜の闇。業火《ごうか》が町を照らしている。天高くに吹きあげられた火の粉が、真っ白な灰になって降ってくる。空は煙に覆われ、月も星も見えない。巨大な篝火《かがりび》にも似た炎が、町じゅうで燃え盛っていた。

「きゃあああっ」

女の悲鳴が聞こえた。

倒れた女の黒髪を、雑兵《ぞうひょう》が鷲摑みにしている。力任せに引っ張って、女を引っ立てようとしていた。

その背後では、その女の住居であろうか、一軒の家が激しく燃えている。屋根は崩れ落ち、柱だけが炎と煙を上げていた。

どこかで子供が泣いている。だが、女や子供の惨状に目をくれる者はいない。

槍を構えた雑兵たちが列を作って大路を横切っていく。炎に照らされ、長く伸びた影は、異形《いぎょう》の鬼の姿に似ていた。

「なんなのだ、これは……」

信十郎は愕然として長崎のありさまを見つめた。

風光明媚で、商人たちの活力に溢れていた町が、阿鼻叫喚《あびきょうかん》の惨禍に巻き込まれている。

「これはまるで、戦ではないか……」

かつて福居で目にした、越前松平家の内戦のありさまを、信十郎は思い出した。

「女真族が攻め込んできたんやろか」

鬼蜘蛛が信十郎の背後で呟く。

日本が明国に加勢すると知って、策源地である長崎を襲撃したのか。

「いや、飛虹の話では、女真族は船を持たぬと聞いた」

「そんなら、イスパニアか」

「わからぬ」

いずれにしても、とんでもない災厄が始まったことは明らかだ。

「やいっ、歩け！」

罵声が聞こえた。通りの向こうから、縄で繋がれた者たちが、槍で脅されながらやってきた。十五、六人が数珠繋ぎにされている。老人もいれば子供もいる。男も女もお構いなしであった。

（キリシタンだ）

信十郎は、彼らの首からクルスが下げられているのを見た。金や宝石で飾られているために、炎を反射してキラキラと輝いていた。

彼ら、彼女らを追い立てているのは、鎧《よろい》に身を包んだ武士であった。

「あれは、長崎奉行所のモンやで」

鬼蜘蛛が耳打ちする。鎧武者は、長崎奉行、竹中《たけなか》家の家紋が染められた幟旗《のぼりばた》を背負っていたのだ。

縛られた老人の一人が倒れた。それに引かれて隣の女も膝をついた。

「ええい！　立て！」

雑兵の一人が槍の柄で老人の肩を打ち据えた。

「やめぬか！」

考えるより先に信十郎は駆けだしていた。そして、老人を打った槍を片手でムンズと摑み取った。

「何をする！」

槍を取られた雑兵がおのれの槍を引き寄せようとした。そして「うむっ」と唸った。信十郎に片手で握られた槍がビクともしない。雑兵は両手で握り、腰を入れて引っ張っているのにどうにもならない。まるで巨大な岩に深々と刺さった槍を引き抜こうとしているかのようであった。

「うぬっ！　狼藉者《ろうぜきもの》め……ッ」

歯を食いしばってみてもどうにもならない。その様子を見た仲間の雑兵たちと、組頭らしい甲冑《かっちゅう》の武士が、激昂して詰め寄ってきた。

「なんじゃ貴様は！　貴様もキリシタンなのか！」

信十郎は組頭の武士に冷やかな視線を向けた。その目を向けられただけで組頭は、

「うっ」と唸って後ずさりをした。

権威を笠に着て威張ってみても、戦を知らぬ若い世代の武士である。幾度も修羅場をくぐり抜けてきた信十郎の殺気には敵《かな》わないのだ。

「てっ、手向かいをいたすか！　我らは長崎奉行所の者ぞ！」

声の震えを押さえることもできない。

そこへ急いで鬼蜘蛛が割って入った。

「おい、やめい。味方同士で角《つの》を突き合わせても、しゃあないで」

「味方じゃと」

目を剝いた武士に向かって鬼蜘蛛が笑顔を向けた。

「こちらは波芝様いうて、大御所様の隠し旗本様や」

「おっ、大御所様のお旗本じゃと？」

「そや。江戸城西ノ丸の二代様のご家来様や。嘘や思うのなら末次屋敷で訊ねたらええ。波芝様言うたら通じる。わしらもこれから末次屋敷に向かうところや」

「まっ、真《まこと》に、大御所様のお旗本にございまするか……！」

「嘘をついてどないすんのや。嘘やったらすぐにバレることとやろ」

組頭はすっかりうろたえて、タジタジと後退した。雑兵たちもすっかり怖じ気づいている。信十郎は槍を離した。雑兵は真後ろに尻餅をついた。

組頭は冷汗を滲ませながら低頭をよこしてきた。

「ご無礼の断、平《ひら》に御容赦を……！　なれど、我らも大公儀よりの命《めい》にて、キリシタンどもを捕らえたまでのこと！　大御所様のお旗本に、咎められる謂われはございませぬ」

信十郎はピクリと眉根を寄せた。

「大公儀の命で、キリシタンを捕らえておるだと？」

「ご存じではござらぬのか」

鬼蜘蛛がふたたび割って入る。

「わしらは駿河大納言様のお城から戻ったばかりや。大公儀がどんな命《めい》を出したのかは知らんのや」

「なるほど、駿河大納言様の……それでキリシタンどもを助けようとなされたのでございまするな」

弾圧されているのがキリシタンでなくとも、無体《むたい》な振る舞いを見て見ぬふりはできない信十郎なのだが、組頭はそのように解釈した様子であった。

信十郎は組頭に質《ただ》した。

「長崎に集められたキリシタンは、大納言様の軍兵として唐入りするはずであった。いわば徳川の先鋒。それをなにゆえ咎めるのか」

組頭は困り顔をした。

「我らも、量りかねており申す」

嘘をついているようには見えない。長崎奉行所の役人たちも、突然の政策変更に戸惑っているのに違いない。

「事の次第は、末次平蔵殿が知っておるはず。末次屋敷に向かわれるのでござれば、末次殿にお訊ねなされればよろしいかと……」

「なるほど、道理だ」

「されば、我らは役目に戻りまする」

組頭は配下の雑兵に向かって、「キリシタンどもを牢屋敷へ引っ立てィ」と叫んだ。

事情を知れば、信十郎にはこれ以上、咎めることはできない。秀忠の旗本だと身分を偽っているから尚更だ。

手荒に引き立てられていくキリシタンたちを見送る。その袖を鬼蜘蛛が引いた。

「キリシタンを案じておっても始まらんわ。末次屋敷へ行って、事情を訊ねるとしようや」

「うむ」

信十郎は何度も振り返ってキリシタンたちに目を向けつつ、歩きだした。湊の広場に面して高札場がある。そこには三つの磔柱が立てられていた。

「無残なもんや……」

磔柱には三体の屍が縛りつけられていた。

「いったい、いかなる次第にございまするか」

末次屋敷の、明国風の一室に踏み込むなり、信十郎は低い声音の、丁重な口調で訊ねた。

「こらあかんわ。相当に腹を立てとる」

鬼蜘蛛がボソリと呟く。

信十郎が本気で激怒したときは、静かに殺気をたぎらせる。鬼蜘蛛は長いつきあいなので、そのことをよく知っていた。

末次平蔵は窓辺に立って、炎を上げる湊と町を見おろしていた。信十郎には横顔を向けている。信十郎は静かに詰め寄った。

「キリシタン衆は、駿河大納言様に従うべく集まってきた者たち。徳川に陣借りをする者たちにござるぞ。なにゆえその者たちを咎めるのです」

平蔵は信十郎に向き直った。

「それは、こちらがお訊ねしたいところです。駿河大納言様と上様とのあいだには、いったいどのような確執がおありなのか」

「確執？」

「駿河大納言様が兵を従えることを、上様は快く思っておられぬご様子」

「なんと！」

「キリシタン衆を捕らえ、処刑せよとは、上様付きの、ご老中様よりのご下命なのでござるよ」

信十郎は絶句した。平蔵は炯々と光る眼差しを信十郎に向けた。

「菊池彦様。あなた様は大御所様とも、駿河大納言様とも近しいと伺っております。いったい、大公儀の内部では、どのような暗闘がおありなのか」

信十郎には答えられない。思えば徳川という家は、常に内紛で揉めてきた。〝三河武士は一枚岩〟だの〝犬のように御家に忠義な家臣団〟などという謂《い》いは、後世ので っちあげにすぎない。

　家康は後継者であった長男の信康《のぶやす》を殺した。次男の秀康《ひでやす》も遠ざけ、六男の忠輝《ただてる》には改易の処分を下した。秀忠は秀康の子の忠直《ただなお》を改易した。いつでもどこでも親兄弟、あるいは親族で争っているのが徳川家なのだ。

（またぞろ、徳川の悪癖が出たか）と、信十郎も思うし、多分、平蔵も思っているのに違いない。

　仮に、殿様たちが「親族仲良く」と思っていても、家臣たちがじっとしていない。三河武士は揃いも揃って陰険な策謀好きだ。隙あれば政敵の足を引っ張り、自分が上に立とうとする。

　本多正純や土井利勝のような陰謀好きは、けっして珍しいものではない。むしろあの姿こそが、三河武士の常態なのだと考えたほうがよい。

　信十郎は平蔵の問いには答えなかった。平蔵も、信十郎がまともに答えるとは思っていなかったであろう。

　代わりに信十郎は訊ねた。

「キリシタン衆のこと、どうなされるおつもりか」

平蔵は、ちょっと瞼を閉じた。目を隠すことで、内心を見透かされるのを防ごうとしたようだ。

「公儀のご命令には逆らえませぬ」

「なれど、平蔵殿はこの長崎の真《まこと》の主。長崎奉行も平蔵殿の助力がなければ何もできますまい」

「たとえそうでも、我らは商人。お大名様の武力と財力には敵《かな》いませぬ。大公儀がその気になれば長崎など、三日で攻め潰されましょう。大公儀に逆らうことはできませぬよ」

「しかし、長崎の商いのために尽くさぬ乙名《おとな》は、長崎では生きてゆけますまい」

平蔵は破顔した。

「さすがに鋭い御方だ。仕方がない。思うところを白状いたしましょう。お察しのとおり、長崎は、キリシタンを敵に回したくはございませぬ。イスパニアやオランダとの商いが上手く運ばなくなりますからな」

平蔵は鋭い眼差しで信十郎を見据えた。

「キリシタン衆は、西の海の島々に隠すことにいたしました」

（なるほど、それは妙案だ）と、肥後の海を良く知る信十郎は思った。無人の島々には公儀の手も伸びては来るまい。

「すでに捕らえられた者たちはどうなります」

「長崎奉行の竹中様は馬鹿ではござらぬ。表向き、公儀の命に従うふりをしながらも、我らに内通しております。捕らえられた者たちも暫時《ざんじ》、明人倭寇に引き渡されまする。明人の船で島々に移されるという手筈……。万事ご心配なく」

「高札場で磔になっていた者たちは」

「ああ、あれは……」

平蔵はフッと忍び笑いを漏らした。

「盗みや人殺しで牢屋敷に入れられておった者にございまする。大公儀から目付が送られてまいりまして、我らの働きに目を光らせておりますからな。目付の目を誤魔化すために、罪人の首にクルスを下げて磔にしたまでのこと」

信十郎は感心した。

「なるほど、深謀遠慮にござるな」

さすがは長年にわたって長崎を掌中に治めてきた実力者だ。商人の町は、権力者には面従腹背を決め込んでいる。その智慧がなければ戦国の世を生き抜くことはできなかったのに違いない。

（キリシタン衆のことは、平蔵殿に任せておけば良さそうだ）

むしろ問題なのは、徳川の内紛のほうであろう。

（そちらのほうがはるかに難題じゃぞ）

信十郎は内心で大きな溜め息をついた。

そこへ、

「菊池彦様！」

小鳥が勢い良く飛び込んできた。つづいて百舌助が面目なさそうに入ってくる。

「おう、そなたら、無事であったか！」

信十郎は、それまでの憂悶を吹っ飛ばした顔つきで二人を見た。

「案じておったのだぞ」

平蔵も笑顔で二人を見る。

「さすがは菊池ノ里の若い衆にございまするな。アユタヤに攻め込んだイスパニア兵の手を逃れ、山田様に匿われておったとのこと」

平蔵の説明に小鳥が唇を尖らせた。

「匿われてなどいないよ！　オイラたちも山田様のお下知に従って戦ったのさ！」

百舌助が「こら、差し出がましい口をきくな」と百舌助に拳骨を食らわせた。

平蔵と信十郎がそれを見て笑う。

「アユタヤと長崎のあいだには、戦況を逐一知らせるために、明人倭寇の早船が行き来しております。その船に乗せてもらえるように手配りをしたのです」

「それは、ありがたいご厚情です」

信十郎が頭を下げると、平蔵は慌てて手を振った。

「アユタヤに行ってくれるように頼んだのは我ら長崎の者ですから、救い出して日本に連れ戻すのは当然のこと」

長崎の町衆としても、菊池一族に期待するところは大なのであろう。あだやおろそかにはしない。

信十郎は百舌助と小鳥を見た。

「なんにしても、無事で良かった」

笑顔が戻った菊池ノ里の三人とは別に、平蔵は浮かない顔をした。

「しかし、高木作右衛門の船乗りたちはマニラに連れ去られました。これを取り返すのは、いささかの難事……」

信十郎はウムと頷いた。里の二人は戻ってきたが、それですべてが解決したわけではない。

「我らにできることがあれば、なんなりと申されますよう」

小鳥もこしゃまっくれた顔で頷いた。

「いつでも、菊池ノ里の衆が斬り込むよ」

「勝手な物言いをするな！」

百舌助が拳骨を振るい、小鳥はサッと身をかわして避けた。

第四章　保科正之《ほしなまさゆき》

一

南光坊《なんこうぼう》天海は、上野寛永寺《かんえいじ》の貫主として多忙な毎日を送っていた。

寛永寺は徳川家の菩提寺であると同時に、天台宗の総本山となるべく創建された。

天台宗は、伝教大師《でんぎょうだいし》最澄《さいちょう》が興した宗派で、本山である比叡山延暦寺《ひえいざんえんりやくじ》は日本国の根本道場だ。日本に三カ所しかない戒壇《かいだん》のひとつであり、鎌倉新仏教の開祖たちのほとんどは、この寺で修行をした。

天海は、天台宗の本拠を江戸の寛永寺と日光の輪王寺《りんのうじ》に移そうと画策していた。日本の仏教の根本を東国に移すことで、東国武士の政権である徳川幕府を、名実ともに日本の覇者に祭り上げようとしていたのである。

しかしこれは途方もない難事であった。いかに徳川家の武力が他の大名を圧倒しているとはいえ、それはあくまで俗界の権威であって、宗教の権威はまた別物である。例えるなら、アメリカが武力を背景にして、ローマ法王庁をニューヨーク市に移そうとするようなものだ。狂気の所業と映っても仕方がない。

それでも天海は精力的に、朝廷に働きかけている。天海は徳川家に超絶的な権力と権威を付与しようとしていた。徳川家が他の大名を圧倒することでしか、戦国時代の再来を防ぐことはできないと考えていたからだ。

戦国時代は室町幕府の力が弱すぎ、逆に諸大名の兵力が過大に過ぎたことから起こった。これは異論のないところである。

(徳川家には、足利家《あしかが》と同じ轍《てつ》を踏ませることはできぬ)

戦国の生き地獄をこの目にしてきたからこそ、そう思う。天下太平のためならば、仏もきっと喜んで、東国に移ってくれるはずだ。

大願成就まであと一押しという切所《せっしょ》であり、天海はますます気を抜くことができない毎日を送っていたのだ。

天海は護摩堂に籠って護摩を炊きあげていた。寺僧が声を揃えて読経している、耳を聾《ろう》する響きの中で鐘を叩き、護摩を炎にくべつづけた。

薄暗いお堂の内部を橙色の炎が照らしている。熱に晒された天海の額を、一筋の汗が滴り落ちていった。

天海は、勤行《ごんぎよう》をつづけながらも胸の内ではまったく別のことを考えていた。否、別の心配で胸がふさがっていた、というべきであろうか。

（あの二人の若造を、どうにかせねばならぬ……）

織田信長の血を引く忠長と、秀吉の遺児、波芝信十郎。

（あの二人、けっして生かしてはおけぬ……。天下大乱の元となる）

比叡山を焼き討ちした信長と、東アジア制覇を夢みた秀吉。その血を引く者どもならば、きっと同じ狂気を受け継いでいるはずだ。

（あのような者たちの好き勝手を許せば、日本国はふたたび戦国の世に戻る。野山は死体で埋まり、川は血の色に染まるに違いない）

比喩的表現などではない。天海は実際に山のような死体をその目で見たのだ。

天海は戦国の世を終わらせるために信長を討ち、さらには家康に随身して豊臣家の滅亡に手を貸した。

（忠長め）

天海は僧籍にある者としては相応しくない所業だが、忠長への憎悪をたぎらせた。

（こともあろうに唐入りを策すとは……）

寛永寺のことで忙しく、ちょっと目を離した隙に、とんでもない暴挙に打って出た。

（秀吉の失敗にも懲りず、またもや無益な血を流そうとするか）

しかも、こともあろうにキリシタン衆を率いるという。僧侶である天海にとってはますます許せぬ所業であった。

（万余の軍勢を手に入れた忠長が、素直に異国に赴くとは限らぬ……）

家光を打倒すべく、江戸に攻め上ってこないとも限らない。

（キリシタンどもは、徳川家を不倶戴天の敵と見做しておるのに相違あるまい！）

そんな物騒な連中に、わがまま小僧の忠長が担ぎ上げられたらどうなるのか。

（考えるまでもないことだ）

結論は只ひとつ。忠長討つべし！　である。

（すぐにでも討たねばならぬ。時が経てば経つほどに、忠長は力を増してゆく）

そして自分は老いていく。忠長は昇る朝日。天海は沈み行く夕陽だ。

（わしの寿命が尽きる前に、忠長を始末せねばなるまい）

しかし——と、天海は思った。

（忠長を殺してしまったら、徳川の世継ぎがいなくなる）

家光にはいまだ世子がない。斉藤福の話では、女人に興味を抱かぬ性癖であるようなのだ。

（馬鹿な！　僧侶でもあるまいに！）

僧侶には〝女人戒〟という決まりがあり、女人の肌に触れてはならない。その代わりに僧侶は、少年を愛する。衆道《しゅどう》だ。

家光は僧侶ではない。将軍だ。早急に世継ぎを作ってもらわぬことには、臣下も安心して仕えられない。

戦国の世は応仁《おうにん》の乱より始まった。この内乱は足利幕府の八代将軍、義政《よしまさ》に、ながらく男子が生まれなかったことが原因で起こった。

（下手をすると、足利家の二の舞を演ずることになろう）

後継ぎのいない武士の家は最悪だ。当主が死ねば断絶するとわかっているから、家来たちの心も離れてゆく。徳川家にとっての家来――全国の諸大名も、徳川幕府を見限るに違いない。

ところが幸いなことに、家光には後継ぎがいる。家光が急死したとしても、徳川の政権は揺るがない。その後継ぎこそが皮肉なことに、駿河大納言忠長であったのだ。

（今、忠長を殺すことはできぬ……）

天海としては、歯噛みするよりほかにない。

護摩の炎に照らされたその顔は、さながら不動明王のようであった。

二

目黒のサンマ――という落語がある。あの殿様のモデルとなったのは、家光だとされている。

家光は鷹狩りを好み、江戸城を抜け出しては、江戸の近郊で鷹を飛ばして愉《たの》しんでいた。

目黒川の近くに御拳場《おこぶしば》があった。

鷹狩りの際には拳に鷹を乗せているので、鷹狩り用の狩場は拳場と呼ばれる。〝御〟が付けられているのは将軍専用だからである。

当時、目黒や品川の一帯には、広大な御拳場が広がっていた。鷹狩りの獲物となる鳥や動物を保護するため、その原野での農作は禁じられていた。将軍の身の安全を守るため、余人の出入りも厳禁であった。

なぜ、江戸の近郊に手つかずの原野が残されていたのか、といえば、一説によると、この原野で一大決戦をするためだったから――という。

江戸に向かって東海道を攻め込んできた敵軍を、この原野にて徳川軍が迎え撃つという策であったのだ。

将軍たちが足しげく鷹狩りに通ったのも、最終決戦地の地形を覚えるためだったという。

「上様ッ！　お待ちくだされッ」

供回りの旗本が絶叫した。そのはるか先を、家光が、愛馬に跨がって疾走していた。

家光には、突然愛馬に鞭を入れて走りだすという奇癖があった。

供回りが「あっ」と叫んだときにはもう遅い。家光ははるか彼方を突っ走っている。供回りは慌てて自分の馬を引かせてきて、馬上の人となる。鞭を打たせて走りだすが、到底追いつけるものではない。

家光は供回りの隙を見て、ここぞとばかりに駆けだすのだ。お供が野陣の設営に手間取っているときなどである。馬から降りていた供回りは、どう頑張ってもすぐに追うことはできない。

「しゃっ、者ども、上様を追えッ、すぐにお戻りいただくのじゃッ」

白髪頭の老臣が掠れた声を張りあげる。言われるまでもなくお供の馬は、けたたましい馬蹄の音と、土煙を巻き上げながら走りだす。

しかしである。家光は将軍だ。当然、その愛馬は日《ひ》ノ本《もと》一の名馬である。お供の馬では、追いつけるものではない。

家光はどんどんお供を引き離す。馬上で振り返り、お供たちの慌てふためく様を確かめると、ますます歓喜に笑み崩れ、馬の尻に鞭を叩き込むのだ。

まるで悪戯《いたずら》盛りの子供である。お祭などで浮かれた子供が親の静止をわざと振り切るのと一緒であった。

家光はいい歳をした大人なのだ。五歳や十歳の子供のような悪戯に夢中になっている。

家光は江戸城の奥深くで、奥御殿（のちの大奥）の侍女たちに囲まれて育った。生まれつき病弱でもあったので、乳母《おんば》日傘《ひがさ》で、お大事に、それこそ人形のように、育てられた。その侍女たちを指図しているのは斉藤福である。家光への愛に迷って生きながら鬼女になったような女だ。家光が悪餓鬼的な行動で、男性的な快活さを発露しようものなら、それこそ鬼の形相で激怒する。あるいはこの世の終わりのように嘆き悲しむ。下手をすると侍女の数名に自害を命じかねない勢いだ。

子供ながらに息が詰まる。家光は将軍職に就くまで、斉藤福の強い抑圧下にあったのだ。

斉藤福の手を離れ、一人立ちした家光は、幼少期を取り戻すかのように無邪気に走り回っている。江戸城を出ればそこには無限の天地があった。どこまでも広がる武蔵野と、高く澄みきった空だ。家光は夢中になって走る。供回りを引き離し、困らせて喜ぶ。それは一種の幼児帰りであり、人格を歪められて育てられた人物が、自分を取り戻すために必要な行動だったのかもしれない。

存分に走り回っているうちに、家光は、いささか喉の渇きを覚えた。

「馬も休ませねばならぬな」

あまりきつく責めつづけると馬が潰れてしまう。家光は手綱を緩めて、馬の足を止めた。

「はて……。ここはいったい……?」

自分がどこにいるのかがわからない。周囲には丘陵と農地と、いまだ未開の原野、そして遠くに小さな農家が、ポツリポツリと建っているのが見えるばかりであった。

「どうやら道に迷ったようだぞ」

それでも家光は快活に笑った。

「まぁよい。いずれにせよ、わしの領内じゃ」

天下は徳川家によって治められている。

「この国のすべてがわしの庭じゃ」

どこにいるのかわからなかろうが、この景色は見渡す限り、どこまでも、家光の所有物なのであった。

「どれ、いずこかに訪いを入れるとしようか」

庄屋屋敷にでも乗り込んで質《ただ》せば、ここがどこであるのか、どの道を辿れば江戸城に戻れるのかがわかるはずだ。

家光はゆるゆると馬を打たせて進んだ。

このようにして家光は以前、目黒の百姓家に迷い込み、品川の海で取れたばかりの、脂の滴るサンマをご馳走になったわけだが、それはまた別の話である。

しばらく馬を進めていると、行く手に大きな甍屋根が見えてきた。

家光は「ほう」と賛嘆の声をあげた。

「鄙《ひな》には珍しく、立派な寺があるものじゃな」

当時の目黒はずいぶんと寂れた寒村である。街道筋からも外れている。

「よほどの分限者《ぶげんしゃ》の菩提寺と見えるが……」

寄進がなくては寺の維持もままならない。だがこのあたりで暮らしているのは貧しい百姓ばかりだ。おかしな話があったものだと首を傾げながら、家光はその寺に馬首を向けた。

山門もなかなかに立派な構えであった。家光は馬から降りた。手綱を門の脇の杭に縛りつける。人を人とも思わぬ家光であったが、神仏に対してだけは敬虔だ。山門の中に馬で乗り込むような罰当たりはしない。軽輩の武士と同じように馬から降りて参道に向かった。

「どれ。道を訊ねがてら、参詣いたすとしよう」

参道には石が敷かれ、道の脇には灯籠も寄進されている。家光は中門をくぐって境内に入った。

境内では、一人の老僧が、箒で砂を掃いていた。

「頼もう」

家光は大音声《だいおんじょう》に声をかけた。老僧はびっくりして顔を上げた。

人を憚ることなく大声をあげる者は、他人に遠慮をせずに育った者である。つまりは貴種だ。殿様育ちだ。家光は装束も豪華である。老僧はすぐに貴人と察し、箒を脇に置いて低頭した。

「ど、どちら様にございましょう……」

上目づかいに、家光の様子を窺っている。

家光はグイッと顎を引いて、頷き返した。

「わしは徳川将軍――」と言いかけて、この老僧を驚かせるのも可哀相だと思い直した。

「――に近仕する旗本じゃ。上様の鷹狩りにお供をしてまいった」

家光は、傅役《もりやく》の酒井《さかい》忠利《ただとし》や、天海、柳生宗矩《やぎゅうむねのり》など、老人たちに囲まれて育てられたので、妙に年寄り好きであった。

「ま、楽にいたせ」

彼なりに老僧を思いやって、優しい言葉をかけた。

老僧は、

「住職に知らせてまいりまする」

と言い残し、箒を抱えて本堂へ走った。家光も、ゆったりとした足どりで後を追った。

本堂の脇には僧坊が建っている。

「ほう、玄関まで造られておるのか」

玄関は乗物（位の高い人物が使う駕籠）のための出入り口だ。百姓町人の旦那寺には玄関は造られない。やはり相当の身分の者を檀家に抱えているのであろう。

報せを受けた住職が玄関に出てきた。式台の上で座る。ちなみにこの当時の日本国に正座の習慣はない。この住職もあぐらで家光に対したはずだ。

住職は低頭をよこしたものの、訝しげに家光の顔つきを窺っている。家光の身分を量りかねている様子だ。

一方の家光は至って快活に、白い歯を見せて笑った。

「野を走り回っておるうちに、道を見失ったようじゃ。暫時休息したい。なに、すぐに立ち去るので構いはいらぬ」

堂々と、図々しくも言い放った。

住職は家光のあまりの素っ頓狂ぶりに驚いた様子であったが、大身《たいしん》の家の若侍など、非常識で無遠慮なものと相場が決まっている。ご大層な身分に違いないと判断して、ここは恭しく返答した。

「上様の、お供の方と聞き及びましたが」

「左様じゃ」

「ご休息なされたいとは、上様のご意向にございまするか」

近くまで来ている将軍の使者として差し向けられたのか、と思ったのだろう。

家光は首を横に振った。

「休息したいのは、このわしじゃ」

そう答えてから家光は、なにやら面白くなってきた。悪餓鬼が悪戯をしているときのような高揚感だ。

(この御坊、わしが家光じゃと知ったら、どんな顔をするであろうか)

身分を明かすのは最後がよい。それまではこの坊主をかついでやれ、と、ニヤニヤしながら思った。

住職はわずかに安堵した気配であった。

「左様ならば、むさ苦しい所なれどお上がりなされ。今、茶菓の用意をいたす」

家光を庵に案内する。庵には囲炉裏《いろり》がきってあって、茶を点《た》てることもできるようだ。

「では、馳走になろうか」

家光は堂々と腰を下ろした。

茶釜の湯が湧くまでのあいだ、よもやま話となった。住職とすれば、突然に乗り込んできた若侍の素性を知りたいという気持ちもあったのだろう。

家光も話好きである。将軍となってからは威厳を保つために軽口などは叩くことが許されなくなっている。それだけに、身分を隠して好き勝手にお喋りできることが楽しくてならない。

「ほう、こちらは天台の寺か」

薬師寺成就院《じょうじゅいん》というらしい。

「わしも、天台の高僧は、あまた見知っておるぞ」

「ほう。それはなにゆえ」

「うむ、将軍宣下《せんげ》のために上洛した、そのときに、比叡の高僧が迎えに――上様をじゃ、上様をじゃぞ、迎えに来られた際に、お目にかかったのじゃ」

「なるほど、貴公は上様のお旗本におわしますからな」

「さすがに京は日本国の都じゃ。寺社の大伽藍は天を衝くかのよう。高僧の知識も海のごとくに深くて広い」

家光は邪気のない性質である。京での話を子供のように、面白おかしく語って聞かせた。成就院の住職も、もとは京畿で修行をした身であるらしく、懐かしい上方《かみがた》の話を嬉しそうに聞いた。次第に家光の人柄が可愛く思えてきた様子で、笑みなど浮かべて頷き返したりもした。

気がつくと、半時ばかりが過ぎている。

家光には吃音症《きつおんしょう》があり、特に御殿で大勢の大名や、朝廷よりの勅使を前にすると、舌がうまく回らなくなる。そのせいで愚人に見られてしまい、そのように噂されたり記録されたりもしたが、気の置けない小さな寺の住職相手なら絶好調だ。

「いや、これは調子に乗って長々と喋りすぎた。貴僧には周知の上方の話題じゃ。退屈ではござらなんだかな」

などと家光は年嵩《としかさ》の僧侶を気づかう様子を見せた。

住職は笑顔で手を振った。

「いいえ。とても面白おかしいお話で……。拙僧も思わず時を忘れました」

人には馬が合う、合わないというものがある。この二人は初対面ながら、かなりの相性の良さであった。

家光は、ふと、思いついた様子で訊ねた。

「それにしても、山門も本堂も立派な寺じゃな」

「恐れ入ります」

「よほどの檀家を抱えておるものと見えるが……」

隠すほどのことではない。住職は正直に答えた。

「保科《ほしな》様の帰依を賜っております る」

「保科？」

家光は頭の悪い男ではない。大名たちの名は諳《そら》んじている。

「高遠《たかとお》三万石、保科肥後守《ひごのかみ》……否、肥後守様のことか」

将軍のお供の旗本を演じていることを思い出して、慌てて敬称をつけた。

「はい。左様にございまする」

家光はほんの数カ月前の政務を思い出した。

（ふん、肥後守な……）

信濃国《しなののくに》、高遠に三万石の領地を構える保科家は、先ごろ当主の肥後守正光《まさみつ》が死去したばかり。封土は子の肥後守正之《まさゆき》が継ぐこととなった。父も子も肥後守なので紛らわしい。

死去に伴うものであれ、隠居であれ、大名家が代替わりをする際には将軍の認可が要《い》る。家光が署名、花押、印可を授けて初めて相続が叶うのだ。

大名家の相続は、将軍でも緊張を強いられる大事な儀礼だ。つい最近のことであるからなおさら良く覚えていた。

「なるほど、三万石な……」

吹けば飛ぶような木っ端大名だ。

徳川家の石高は四百万から六百万石。さらには金山、銀山の収入と海外貿易の利がある。家光は日本一の、否、世界でも有数の大金持ちであった。その家光から見れば三万石など、あって無きがごときの石高だ。

「それでも、ここまで熱心に寄進するとは偉いものだ」

家光は冗談めかしてつづけた。

「こんな田舎の寺など、保科家の寄進がなければたちまち寂れるに違いないぞ。檀家とは有り難いものじゃな」

住職は家光の悪口を、冗談とも皮肉とも受け取らずに、真面目な顔で答えた。

「仰るとおりにございますよ。三万石のご身代で、これほどまでに我らを庇護してくださいまする」

「うむうむ」

住職は渋い顔つきで首など傾げた。

「ご当代の肥後守様に代替わりをなされて、保科家の禄高も増えると思っておりましたが、お上《かみ》のお考えは、わからぬものです」

「なんじゃと」

家光はこの住職ほどには人格ができていない。住職が漏らした一言に、たちまち機嫌を損ねた。徳川家の治世を誹謗されたと思ったのだ。

住職は、家光の顔色の変化にはまったく気づかぬ様子だ。天井などを見上げつつ、残念そうに嘆息しながら語りつづけている。

「保科様も、十万石の知行があれば……。せめてものご体面も整いましょうに」

徳川幕府の規定では、十万石以上が中大名、十万石未満が小大名とされている。その差は待遇に現われる。中大名が参勤交代で江戸に旅して来た際には、老中が江戸の外れの宿場まで赴いて出迎える。東海道なら品川宿、中山道なら板橋宿、日光・奥州街道なら千住宿まで老中が足を運んで「ようこそお越しくだされた」と、頭を下げて迎えるのだ。

しかし、小大名にはそのような礼遇はない。小大名たちにとっては悔しい話だ。

余談だが、この風習が島原の乱の遠因となった。だが、それはずっとのちの話である。

家光は苦虫でも嚙み潰したような顔で横を向いた。

「なにゆえ、保科肥後守の体面を、そうまでして整えてやらねばならぬのだ」

保科家はもともとは武田信玄《たけだしんげん》に仕えていた家だ。徳川家とは旧敵国にあたる。昔の敵などに領地を授ける理由はない。

住職は訝しげに、家光を見つめ返してきた。

「さては……、おことは、保科肥後守様のご出自《しゅつじ》について、何もご存じではござらぬのですな」

「肥後守の出自？　親父のほうの肥後守か、子のほうの肥後守か」

思わず将軍の口調で問い詰める。住職は気づかぬ様子で答えた。

「お子様のほうの肥後守様の、ご出自でござるよ」

「子のほうの肥後守がどうしたというのだ」

「それがでございますな……」

住職は、声をひそめて、ついでに顔まで伏せた。上目づかいに家光を見上げる。家光もつられて首を突き出して、内緒話でも聞くような姿勢になった。

「当代の肥後守様は、先代の肥後守様のほんとうのお子ではないのでございますよ」

「ほう」

さすがに旦那寺だけあって、檀家の内情に通じているらしい。家光は下世話な好奇心を掻き立てられた。

「して、当代の肥後守は、いったい誰の子なのじゃ」

住職はそれには答えず、背筋を伸ばして座り直し、僧衣の袖の中で腕など組んで、鴨居《かもい》のほうに目を向けている。

「ご出自がご出自でござるので、当然に十万石以上の中大名格で処遇なされると思っており申したが……。いやはや。世間の風は冷たいものにございまするなぁ」

「だから！」

家光は癇癪《かんしゃく》を起こした。

「ほんとうは誰の子なのじゃ！」

住職は困り顔で家光を見た。そして容易ならぬことを告げた。

「二代様の、隠し子様にございまするよ」

家光は仰天した。寸刻の間、言葉も失い、目を丸くして住職を見つめた。

唇がわななきながら、言葉を紡ぎ出した。

「……二代様と申すは、二代将軍のことか」

「いかにも左様にございまする」

思わず「父のことか！」と叫びそうになり、家光は慌てて思い止まった。

住職は、また思案顔をして、ブツブツと呟きはじめた。

「二代様のお子様なれば、当代の上様の弟君にあらせられましょう。それを、たったの三万石の小大名に預けてお育てなされるとは……。保科家を継いでご当主にお成り遊ばせば、将軍家の弟君として、駿河大納言様と同様に数十万石の家禄をくだされるのかと思いきや、三万石の外様大名のままにしておられる……。いやはや、お上のなされることは、量りかねまするなぁ」

言葉の一つ一つが、家光の耳と心を激しく刺した。

家光はフラリと立ち上がった。

「おや、御出立で」

家光は真っ青な顔で住職を見おろした。

「和尚、今の話は、誰にもしてはならぬ……」

「言われるまでもございませぬ。このような大事、口より外に漏らすものではございませぬぞ」

「しかし、今、喋ったではないか」

「おことが上様のお供の御方だからにございます。おことの口から上様のお耳に伝えてはくださらぬか。このままでは肥後守様があまりにおいたわしゅうござるのでな」

家光は返事もできぬありさまで、フラフラと、陽炎《かげろう》のような足どりで表に出た。住職は玄関まで、老僧は山門まで見送りに出たが、振り返りもせず、言葉もかけずに馬上の人となると、馬の尻に鞭を入れ、一目散に走らせた。

（わしに弟がいる！　わしに弟が……！）

突然に降って湧いたような話だ。しかもその弟を家光は、江戸城の御殿で引見したはずなのだ。

（保科肥後守……、いかん、思い出せぬ）

大広間で、何十人もの小大名たちに紛れて座していたのに違いない。将軍の前では小大名は顔も上げない。言葉を交わすこともない。

（なんということだ！　我が弟がすぐ目の前にありながら、この兄はそれと気づいてやれなかった！　なんと愚かな兄であろうか！）

滂沱《ぼうだ》の涙を流しそうになったところで（いや、待てよ）と思い止まった。

（あの父が、隠し子などを拵えるものであろうか？）

恐妻家で、浮気ひとつしたこともなく、また天下の為政者として誰よりも道徳を重んじている父である。

（隠し子など、あろうとは思えぬが）

ている。

とにかく確かめなければなるまい。

とはいうものの家光はいまだに道に迷ったままだ。先ほどの寺で道を訊くのを忘れている。

広大な御拳場で迷いに迷い、日が西に傾いたころ、ようやく鷹匠たちを見つけ出し、家光は江戸城に戻った。

休む間もなく、着替えもせずに家光は、西ノ丸にある秀忠の御殿に向かった。

そしてそこで家光は、父の口から隠し子の件を包み隠さず告げられたのである。

家光は完全に混乱してしまった。突然、弟などに出現されても、どう対処すれば良いのかわからない。

「そうじゃ、福じゃ」

家光は本丸御殿に走って戻った。

こういう面倒な問題は、乳母である斉藤福に相談するに限る。家光は無邪気にそう信じていた。

三

「上様に、お世継ぎじゃと？」

寛永寺の客殿の座敷で、天海が目を剝いた。

「御正室が、ご懐妊か」

家光の正室は五摂家《せっけ》の一つ、鷹司《たかつかさ》家から嫁いだ姫君であった。もともとはこの人は、後水尾《ごみずのお》帝に入内《じゅだい》するはずだったのだが、徳川家の横槍で破約となり、後水尾帝の室には家光の姉の和子《まさこ》が入った。徳川家は、帝の外戚となることで、日本国の統治者としての正当性を得ようと目論んだのだ。

この策謀が功を奏した結果、鷹司家の姫君は嫁ぎ先を失った。行き場を失くした姫君を娶ったのが家光で、むろんのこと政略結婚である。本人たちの意思などまったく関係がない。姫君とすれば、惨め極まる話であって、当然のことに夫婦仲は最悪であった。

家光は同性愛者で側室などは持たない。世継ぎができたとするならば、当然、鷹司家の姫君が懐妊したとしか考えられない。

天海にとっては二重の驚きだ。皺だらけの瞼を開いて、斉藤福を凝視してしまった。

斉藤福は、なにやら薄気味の悪い笑みを浮かべながら、首を横に振った。

「いいえ……、そのような話ではございませぬ」

天海は、斉藤福の只ならぬ様子に内心不安を覚えながら、問い返した。

「ならば、どのような話なのじゃ」

福は一瞬、ニヤリと笑った。そして答えた。

「上様に、もう一人、弟君がおわしたのでございまする」

「なんじゃと！」

さしもの天海が高い声を張りあげた。

「上様に弟君……、つまり、大御所様の隠し子ということか！」

「いかにも、左様にございまする」

「お福！」

天海は福を睨みつける。

「そなた、上様が赤子の頃からお裏方にあって、そのような大事、今日の今日まで知らなかったと申すか！」

斉藤福が徳川家の奥御殿に入ったのは、家光が生まれてすぐのことだ。その日以来、ずっと徳川家の裏方で過ごしてきた。

「それなのに、大御所様の隠し子に気づかぬとは何事か！」

気短に叱責したのは、それだけ天海も取り乱していたからに違いない。

斉藤福は叱りつけられても薄笑いを浮かべている。皺だらけの唇を蠢《うごめ》かせて、語りはじめた。

「上様には、兄上君がおわしました」

「なんじゃと」

「お裏方では知らぬ者もない話でございます。二代様は裏方の侍女に手をつけなされて、男子を産ませなされた」

「その子はどうなったのじゃ」

斉藤福はますます薄気味の悪い顔つきで笑った。

「事が事でございますゆえ、裏方の者どもも口を閉ざしてはおりまするが……、どうやらその赤子、お江与《えよ》様のお指図で、お命を縮められたご様子……」

「なんじゃと！　徳川の子、将軍の子を殺《あや》めたと申すか！」

「お江与様とは、そうした御方……。二代様でも頭の上がらぬ、猛女にございましたゆえ」

「しかし将軍の子ぞ！　将軍家に世継ぎがなくては天下が定まらぬ！」

「お江与様には、とかくの噂がございました」

「どのような」

「キリシタン、でおわすとか……」

「ムッ」

「キリシタンの教えでは、一人の男にまみえるのは一人の女……側室などは認められぬ、と、そのようになっておる様子にて」

「お江与殿がキリシタンであったから、二代様がほかの女人に子を産ませることを嫌ったと申すか」

「神仏に帰依する者が戒律を守るのは当然のこと。お江与様がキリシタンであったとするならば、あの御方の行状の謎がすべて解けまするぞ」

天海は唸った。

「しかし、そのことと、隠し子とに、どのような繋がりがあると申すのじゃ」

「ですから、お江与様は二代様の隠し子はけっして許しはいたしませなんだ。そのことをよく知っている二代様は、我が子を孕《はら》んだ女人を、密かに見性院《けんしょういん》様に託し、母と子の命《いのち》を守るように命じられたのでございまする」

「見性院？　確か、武田信玄公の娘御じゃな」

「信玄公の娘とあっては、いかにお江与様が信長公の姪でも、容易に手は出せませぬ。見性院様はその後、隠し子の若君様を保科家に預けたのでございまする」

その見性院の屋敷が目黒にあって、信心深い老尼僧は薬師寺成就院に帰依し、盛んに寄進をしていたのだ。

天海は大きく頷いた。

「保科は武田の旧臣。なるほど、これで話がつながった。……しかし、このような大事を、拙僧にもそなたにも覚られずに事を運んだとは……。武田の旧臣どもめ」

「それほどまでにお江与様の魔手を恐れていたのでございましょう。しかし、そのお江与様も亡くなられ、隠し子の若君様のお命を縮めようとする者もいなくなりました」

「なるほど、そこで初めて、『我らは隠し子を預かっております』と言い出したということじゃな」

「上人様」

福が、なにやら恐ろしげな顔つきでズイッと膝を進めてきた。

「これぞまさしく天佑神助。我らの懸案が一つ、なくなりましたぞ」

「なんの話じゃ」

「駿河大納言を始末する話にございまする」

天海は眉を顰めて福を見つめる。福は天海の鋭い眼光にも臆せず、見つめ返してきた。

「上人様が駿河大納言を殺めることに乗り気ではなかった理由は、大納言が徳川家の世継ぎであること。なれど、上様にはもう一人、弟君がおわしました。なんとなれば、保科の弟君を、お世継ぎに定められればよろしいかと」

天海は何も答えない。ますます鋭い眼光で福を睨みつけるばかりだ。

福は白々しい顔つきで質した。

「よもや、僧籍にある身では、人を殺めたくはない、などと仰せになるのではございますまいな。かつて上人様は天下万民のため、信長を亡き者になされた。これぞまさしく鬼手仏心。天下太平の障りとなる悪鬼羅刹《らせつ》は、梵天帝釈《ぼんてんたいしゃく》の代わりとなって、成敗せねばなりませぬ。これもまた尊い仏心かと心得まする」

「駿河大納言は、天下太平の障りとなると申すか」

「仰せのとおり」

いかにもそのとおりであろう、と天海も常々思っている。生母のお江与がキリシタンであったとするなら尚更だ。忠長が母の遺志を継いで南蛮の軍勢を日本国に引き込まぬとも限らない。

天海は今や天台宗を、すなわち日本国の仏教界を代表する僧となりつつある。キリシタンから日本の仏教を守らねばならぬ立場だ。

「あいわかった」

天海ももとは戦国の武将である。決断は早く、そして答えは短かった。

「駿河大納言を殺す」

福は、その瞬間、蕩《とろ》けるような笑顔を見せた。まるで長い冬が終わり、野山に花が咲き誇るのを眺めたような顔つきだった。

「なにとぞ、よしなにお頼み申し上げまする」

そう言って深々と低頭した。

四

それから十日ほどが過ぎた。秋田佐竹家預かり、本多正純屋敷に、あの老婆がまたしてもやってきた。

「天海様が山忍びを集めておられまする」

老婆に化けた忍びが、台所の土間で片膝をつき、座敷の正純に向かって報告した。

正純は伸ばし放題の蓬髪《ほうはつ》の下で妖しく双眸を光らせた。

「家光の耳に、保科の弟の話が届いたようだな」

「ハッ、鷹狩りの上様を密かに追《つ》けまして、休息のために立ち寄った寺に紛れ込み申した」

老婆は、白髪の鬘《かつら》と、顔面に張り付けてあった皺の膜を引き剝がした。すると、その下から、目黒の寺で家光と対した僧侶の顔が現われた。

「薬師寺成就院の住職にはすこしばかり眠っていただき、拙者が代わりに上様にご挨拶をしたのでございます」

「保科肥後守の一件を吹き込んだのじゃな」

「ハッ、御前に命じられたとおりに」

「それで良い」

正純はほとんど声を出さずに笑った。喉が「ヒィヒィ」と鳴るばかりだ。

「これで、天海と斉藤福の枷《かせ》が外れた。きゃつめらは迷うことなく駿河大納言の命を狙うであろう」

「天海様がその気になれば、駿河大納言様を討つこともたやすいかと」

「いかにも左様であろうが、それでは面白くない」

「なんと」

「わしが策しておるのは、家光と忠長の共倒れじゃ」

正純は含み笑いを漏らしながら、忍びに命じた。

「天海が忠長の命を狙っておるという件、大納言に知らせてやるが良い」

「駿河大納言様に、でございまするか。しかし、さすれば駿河家は警戒を厳にいたし、大納言様のお命を縮めることも難しくなろうかと」

「それこそがわしの狙いよ。忠長が死ねば、ますます家光の天下が磐石《ばんじゃく》となってしまう。ここは兄弟をいがみ合わせて角を突き合わせ、天下の大乱を引き起こさねばならぬのだ」

「大納言様に上様を憎ませるように謀れ、との仰せにございまするか」

「そのとおりじゃ。今、忠長めの手許には唐入りのための軍兵がある。思慮の浅い忠長のことじゃ。必ずやその軍兵で江戸に攻め入ろうぞ」

正純は忍びに命じた。

「さぁ行け！　我が宿願が果たされる日も近い！」

本多正信と正純父子の尽力で作り上げられた徳川の政権。それを正純が破壊する。生れながらの将軍だ、などと自惚《うぬぼ》れている家光に、身の程を思い知らせてくれるのだ。

正純の高笑いが、暗い座敷に響きわたった。


さらに半月ばかりが過ぎた。

その頃、信十郎は、肥前と肥後の島々に隠れ潜むことになったキリシタンのために奔走していた。彼らが無事に身を隠したことを見届けて、長崎の湊へと戻ってきた。湊に着いたときにはもう日が暮れていた。昼間は賑やかな港町も、静かな眠りに就いていた。

信十郎と鬼蜘蛛は、一件の落着を知らせるために、末次平蔵の屋敷へ向かった。と、そのときであった。通りの真ん中に突然、一つの炎が燃え上がった。

「ああ、またアイツやで」

鬼蜘蛛が呆れ顔をする。信十郎は油断のない構えで炎に対峙《たいじ》して、声をかけた。

「火鬼か。なんの用だ」

炎がユラリと揺れた。

「久方ぶりにあったのに、なんの用だとは、ずいぶんなご挨拶だな」

声はすれども姿は見えない。炎だけが、まるで口や舌のように揺れている。この炎は目眩ましだ。本隊はまったく別の場所から、信十郎たちを見つめているのに違いなかった。

「江戸にいたかと思えば今日は駿河、明日は長崎か。神出鬼没も結構だが、探すこちらの身になってもらいたいものじゃな」

なにやら愚痴《ぐち》めいた言葉が聞こえてくる。しかし信十郎は本気にしない。忍びの言葉は常に嘘が混じっている。「探さなければ見つからなかった」などとわざわざ口にするということは、実は、常に行動を見張っていた、ということを意味しているのかもしれないからだ。

とにもかくにも、その嘘に乗ったつもりで言い返した。

「そうまでしてわしと話がしたかったと申すか。ならば聞いてやろう。いったいなんの話だ」

「うむ……」

炎が大きく伸び上がった。

「そなたらにとっては大事な話じゃ。天海様が、駿河大納言を殺めなされる。すでに手練《てだれ》の忍びが、駿河に向けて放たれたぞ」

「なんじゃと」

「大納言様のお命が大事と思うのであれば、駿府に戻ることじゃな」

話を聞いていた鬼蜘蛛が下唇を突き出した。

「などと申して、わしらをこの地から引き離し、そのうえで何かをしでかそうという魂胆やないやろな？」

炎が不気味に笑い声をあげた。

「そう思うのが当然であろうがの、マァ、わしを信じるのも、信じないのも、そちらの勝手じゃ。好きにいたせ」

突然、炎が消えた。

「あッ、待たんかい！　まだ話は終わっとらんがな」

鬼蜘蛛が声をあげたが返事はない。

「去ったようだな」

信十郎は両肩に込められていた力を、長い息を吐きながら解いた。

「信じたらあかんで」

鬼蜘蛛が注意する。

「火鬼っちゅうヤツは天海配下の山忍びや。信十郎を狙った隠形鬼や、風鬼の仲間やで。どうして敵方が、自分らの企みをわざわざ知らせてくれるっちゅうんや。こっちを騙しにかかっとるのに違いないで」

「そう考えるのが常道ではあろうが……」

信十郎は腕組みをした。

「何を考えとるんや」

「天海殿が忠長殿を殺そうとしていることそのものには、嘘はあるまい。これまでの行状を見ればわかる」

「むぅ、それはそうやけどな」

「末次殿が言っていたではないか。江戸では何かが起こっているらしい、と」

「忠長の手許には大きな軍兵が集まっとる。それなのにいつまでも唐入りせん。とっとと海の向こうに渡ってくれれば、かえって安心なのやろうけど……。江戸の家光が疑心にかられても不思議はないやろうな」

「そうだ。しかも、キリシタン衆まで集まっている」

信十郎は腰の刀を鞘ごと帯から抜いて、背中に担ぎ直した。下げ緒を胸の前で縛る。長距離を走り抜くための準備だ。

「なんや、やっぱり駿河に行くんかいな」

て止めた。

「……いや、船を使うか。末次殿に早船を出してもらおう」

信十郎は胸の下げ緒を解いて、腰帯に刀を差し直そうとした。それを鬼蜘蛛が慌て
「わし、もう船に乗るのは嫌や。陸の上を走って行こうや」

海のない大和国《やまとのくに》で育った鬼蜘蛛は船が苦手だ。

「昨日までずっと船に乗っとったんや。まだ身体が揺れとる」

「しかし、船のほうが早く着く」

「沈没したらどないすんねん。命は一つ、取り返しがつかん。ここは〝急がば回れ〟や」

などと言い争いながら、二人はとにもかくにも、末次屋敷へ向かった。

五

結局、鬼蜘蛛と信十郎は船を使って駿河に向かうことにした。

瀬戸内海を横断して鳴門《なると》海峡を抜け、紀伊半島の南を回る。穏やかな瀬戸内海から外海に出ると急に船がうねりはじめて、鬼蜘蛛に悲鳴をあげさせた。信十郎たちが急

ぎの旅だと知った末次平蔵は、快速を発揮する早船を仕立ててくれたのだ。しかしこの船は小型船だけによく揺れる。

黒潮に乗って一路、東へと向かう。船足は速いが、油断していると沖に流される。船乗りたちは陸地を見失わないように注意しながら操船をつづけた。

長崎を発って五日ほどで清水湊に着いた。信十郎は船長《ふなおさ》に礼を言って、船を降りた。

「さて、どうしたものかな」

駿府に舞い戻ったものの、この事態をどう収拾したらよいのか、思案に迷う。

（ありのままに告げたりしたら、忠長殿は烈火のごとくに怒りだすぞ）

本気で軍勢を催して、江戸に攻め込まぬとも限らない。

（そもそも、火鬼がほんとうのことを言っているのかどうかもわからぬ）

江戸と駿河の仲を裂くための陰謀かもしれないのだ。

（まずは、ゆるゆると様子見をいたすか）

信十郎は腰の刀を差し直して、駿府城へと歩きだした。

附家老、朝倉宣正の屋敷は駿府城の三ノ丸にあった。折よく宣正は屋敷にいた。宣正は掛川城主でもあるので、駿府を留守にしていることもままある。信十郎はわずかに安堵の表情を浮かべながら、宣正の屋敷に入った。

朝倉家の家来に来意を告げると、すぐに広間に通された。信十郎は秀忠の近臣という触れ込みなので扱いに粗略はない。

宣正はすぐにやってきた。せかせかとした足どりで、五十五万石を差配する家老とも思われぬ、まるで商家の番頭のような忙しさだ。この勤勉さを秀忠に買われて、忠長附きの家老に指名されたのであろう。

「これは波芝殿。急なご来駕であるな」

腰を下ろすなり宣正はそう言った。唐入りの指図《さしず》などが重なり、御用繁多であるようだ。やや、気が急いている様子でもあった。

信十郎は恭しく低頭して挨拶を返した。

「只今、船にて長崎より戻りました」

「左様か。うむ、長崎におけるキリシタン衆への処置のこと、わしも耳にいたしておる。急転直下、手のひらを返すような大公儀の仕置きじゃ。キリシタン衆を唐入りの先兵とすべしとの御下命であったのに、急に捕縛いたせとは……」

謹厳実直な能吏ではあるが、陰謀家ではない。宣正は江戸の柳営で何が起こっているのか、いまだに摑みかねている様子であった。

「キリシタン衆は、一時、九州の島々に隠し住まわせ、暫時、明人倭寇の船で渡海させる運びとなり申した」

「左様か。うむ、貴殿が長崎にあってくれて良かった」

「朝倉様」

「なんじゃな」

「目下のところの懸案は、キリシタン衆の処遇などではござらぬ。否、それとも大いに関わりのあることかもしれぬのですが……」

いつになく歯切れの悪い信十郎の様子を見て、犀利《さいり》な宣正は即座に容易ならぬ事態を覚った様子だ。目を険しくさせて身を乗り出してきた。

「何事が起こったのでござろうか」

「起こった——と言って良いものかどうか……」

信十郎は、天海の名を出しこそしなかったものの、家光の近臣たちの中に、忠長暗殺の動きがあるらしい、と告げた。

宣正は仰天した。

「なんと！　それはまことにござるか！」

そう問われると、信十郎にも確信はない。

「もしやすると、上様と大納言様との仲を裂こうという、卑劣な罠かもしれず……」

「いったい誰が、そのような話を貴殿の耳に入れたのじゃ」

「家光様の近臣衆に従う忍びの者にて……。拙者の、……左様、旧知の者にございまする」

「その者、貴殿とは余程に昵懇の間柄か」

「いえ、むしろ仇敵と言うべきかと」

「なんじゃそれは。信用がおけぬ」

「まったく仰せのとおりにございまする。なれどその者とは、徳川家の世を安寧にするための戦では、何度もともに戦ったこともございます」

宣正は露骨に顔を顰めさせた。

宣正も徳川家の重臣である。徳川家内部の暗闘の歴史は知り尽くしている。宣正もまた、家光の近臣たちと、時には敵となり、時には味方となって、忠長と駿河家を守ってきたのだ。

「信用に足るか、足らぬか、半々というところじゃな」

「仰せのとおり。なれどこれがまことの話で、衷心《ちゅうしん》よりの忠告であっとしたら、とてものこと、なおざりにはできませせぬ」

「いかにもじゃ。大納言様の身辺を厳に護らねばならぬ。……しかしじゃ」

宣正はますます渋い顔つきとなった。

「それこそが敵の罠かもしれぬぞ。上様よりお命を狙われておる——などと知れば、我が殿は烈火のごとくにお怒りになり、江戸に攻め込まぬとも限らぬ」

信十郎は、（やはり、この人もそのように予見なさるか）と思った。忠長という男、きわめて直情径行であるがゆえに、実にわかりやすい。

暫し俯いて思案したあとで、宣正は顔を上げて信十郎を見た。

「波芝殿」

「ハッ」

「この件、しばらく貴殿とわしとの胸中に秘めておくことにいたしたい。間違っても殿に覚られてはならぬ」

「良きご思案かと思いまする」

「油断はできぬ。心の利きたる者たちにだけ知らせ、密かに、しかし万難を排して、殿をお守りいたすのだ」

宣正はジロリと信十郎を見た。

「貴殿には、これまで何度も我が殿のお命をお救いいただいた。此度も貴殿のお働きを頼りたい」

「むろんのこと、微力を尽くしまして、大納言様をお守りいたす所存にござる」

「頼みましたぞ」

宣正は会見を切り上げると、腰を上げてそそくさと奥へ戻った。やはり政務が山積みとなっているようだ。今度は忠長の警護の手配まで加わった。信十郎は去りゆく宣正の後ろ姿を痛ましそうに見つめる。あの痩せた双肩に駿河国の、否、日本国の安寧がかかっているのだ。

(忠長殿と、唐入りのために集められた大軍の扱いをしくじれば、即座に日本国は戦国の世に逆戻りする……)

暗然としたり、溜め息などついている場合ではない。やるべき務めを果たして、この一件を無事に落着させねばならない。

信十郎は朝倉家の屋敷を出ると、三ノ丸の門を出て、城下の町人地に向かった。

駿府の城下は、隠居した家康が計画して整備したもので、幕府の予算が惜しげもなく投下されたこともあり、東海道でも有数の繁栄を誇っていた。

清水湊で陸揚げされた荷が、巴川《ともえがわ》を川船で遡《さかのぼ》って城下に運び込まれてくる。舟運ばかりではない。東海道を馬の背に揺られて行き来する荷も、この地に集積されていた。

信十郎は城下をそぞろ歩いた。鬼蜘蛛の姿は見えない。離れた場所から信十郎のあとを追い、かつ、信十郎を尾行する曲者がいないかを見張っている。鬼蜘蛛からなんの合図もないということは、尾行者もいないということだ。信十郎は、何気ない素振りで、一軒の反物屋の暖簾をくぐった。

「へい、いらっしゃい」

店先の番頭が笑顔を向けてくる。新興都市だからか、ずいぶんと若い男だ。

「太物をお求めでっしゃろか。それとも絹布をご用命で」

太物とは木綿で織られた反物のことだ。木綿糸は絹糸よりも太いので、太物と呼ばれている。

信十郎は着物の袖など広げて見せた。

「小袖がたいぶ痛んで、ほつれてきたのでな」

「さいでございますか。お武家様には褐《かち》色の反物をお勧めしております。勝ちに通じて縁起が良いでっさかい」

番頭は愛想良く反物を持ち出してきて、信十郎の前に広げた。

信十郎は反物を確かめるような素振りで、番頭に顔を近づけた。

「繋ぎだ。キリに頼む」

番頭は両手に反物を広げている。その反物の下に書状を忍ばせて、番頭の手に握らせた。

この太物屋は、服部庄左衛門《はっとりしょうざえもん》の息がかかっている。伊賀の忍び組が、駿府に造った根城なのであった。

番頭ももちろん伊賀の忍びだ。そしらぬ顔つきでお店者《たなもの》を演じつつ、書状ごと反物を引っ込めた。

「お気に召しませんか。ほしたら、蔵から別の反物を出しますよってに」

二十歳ばかりの手代を呼んで、

「これは仕舞って、藍染めのを持ってきよし」

そう言いつけながら反物を手渡した。手代は、客に対するように信十郎に向かって丁寧に頭を下げた。それは、〝確かに役目を請け合った〟という合図であった。

手代は蔵に行くような素振りで店の奥に向かう。そのまま裏口を抜け、書状を懐に納めて、一路江戸へと走りだした。

信十郎は、たいして吟味もせずに、一本の反物を手に取った。

「これにしよう。仕立ても頼む」

「へぇ」

番頭は（ほんとうにお着物を仕立てるんでっか）という目で信十郎を見上げた。

信十郎は渋い顔つきで答えた。

「このなりでは、いささか見栄えが悪い」

着物が古びてきたのは事実だったのだ。

番頭は意味ありげな顔で笑った。

「新しいお着物をお誂えなされば、ずんと男振りも上がりますやろ。奥方はんもさぞやお喜びでっせ」

この番頭もキリの気性を知っている。

「いらぬ物言いだ」

信十郎は唇を尖らせた。

六

数日して、キリが駿府に入った。

「相も変わらず、世話の焼ける男どもだな」

信十郎の顔を見るなり憎まれ口を叩いた。

駿府城下の隠れ家には、信十郎と鬼蜘蛛、それにあの番頭がいた。板敷きの間に座っている。信十郎は苦笑しながら答えた。

「世話の焼ける夫ですまぬことだが、そなたと伊賀衆の手を借りねばならぬ大事が起こったのだ」

「違う」

キリは不機嫌そうに首を横に振った。

「世話が焼けると言ったのは、徳川家の男どものことだ。秀忠も、家光も忠長も、面倒ばかり起こす。稗丸のほうがよほど手間がかからぬぞ」

相変わらずの物言いで、信十郎は苦笑しながらも安堵した。

(この様子なら、伊賀者の頭領、服部半蔵《はんぞう》としての勘は鈍っておるまい)

「まぁ座れ。長旅、身に堪えたであろう」

「旅が身に堪えただと？　誰に向かって言っておる」

キリは鼻をヒクヒクさせた。

「弥助《やすけ》、ずいぶんと馬糞臭い部屋だな」

番頭が低頭して答えた。

「申し訳ございませぬ。ですが、部屋の中は綺麗に掃除してございまする」

この弥助が用意した隠れ家は、東海道に面した町人地にあり、近くには馬借の問屋《とい や》場《ば》があった。当然、馬の臭いが漂ってくる。

問屋場には、馬丁や人足、馬に荷を預けようとする商人、さらには旅の武士たちが行き交っている。見知らぬ者が歩いていても怪しまれぬ場所なので、忍びが隠れ住むのに都合が良かった。

「それにしても馬臭い」

キリは不満そうに鼻を膨らませながら腰を下ろした。

「事のあらましは書状で読んだ。今、渥美屋の者どもを走らせておる。おっつけ知らせが届くであろう」

渥美屋のお店者や、出入りの行商人たちは皆、伊賀の忍びだ。

「渥美屋の者を？　どこに走らせたというのだ」

キリは「フフン」と含み笑いを漏らした。

「駿河の領内など、いろいろだ。うむ、言っているそばから庄左衛門がやってきた」

なんの気配も足音もしなかったのだが、服部庄左衛門がヌウッと姿を現わした。風呂敷包みを担いだ、旅の商人の姿であった。

「これは信十郎様。とんだご無沙汰をいたしております」

板の間の端で膝を揃えた庄左衛門が挨拶をよこす。信十郎が答えるより先にキリが横から嘴を突っ込んだ。

「好きであちこち飛び回っておる男だ。無沙汰を詫びるべきは信十郎のほうだ」

信十郎と庄左衛門としては、苦笑するよりほかにない。

キリは横目で庄左衛門を一瞥した。

「して、調べはついたのであろうな」

「おおよそのところは」

庄左衛門は担いできた荷を開けると、忍びの文字で書かれた書状をキリに差し出した。

「これらの報せによりますれば、たしかに、妖しげな者どもが大納言様の御領内に入ったようにございまする」

「見届けたのは誰じゃ」

「道々《みちみち》の輩《やから》……。神官、山伏、芸人、猟師に樵《きこり》……。先々代様の頃より、銭で手懐けた者たちにございます」

服部家の先々代とは、かの高名な服部半蔵正成《はんぞうまさなり》のことだ。家康に仕えて天下を取らしめた忍びの大立者である。

半蔵正成は、家康が駿府に隠居城を構えると知って、駿河国内の宗教者や遊行人《ゆぎょうにん》、山ノ民などを味方につけて回ったのだ。彼らは街道や山中を渡り歩くのが仕事なので、領内に忍び込んだ曲者に遭遇する確率が高い。彼らを味方につければ、一種の諜報網として使うことができた。

キリはフンと鼻を鳴らした。

「爺様の遺徳に救われたか。して、彼らが見た曲者の素性は確かめたか」

「詳しいことは、忍びどもに確かめに走らせましてございまする」

「駿河には何人ばかり連れてきた」

「およそ三十」

「少ないな。相手は天海の山忍びぞ」

キリが苦言を呈すると、庄左衛門も渋い表情で答えた。

「此度ばかりは誰が敵で、誰が味方かわかりませぬ。鳶澤甚内《とびさわじんない》殿の風魔衆の手を借りるわけにもゆかず……」

「伊賀組も堕《お》ちたものじゃ。咄嗟《とっさ》に三十しか集められぬとは」

「致し方あるまい」

信十郎は口を挟んだ。

「天下太平の世だ」

戦国時代に鍛えられた忍びたちは老いた。若い忍びは経験と覚悟が足りない。ものの役に立つ忍びは年々数を減らしている。

（それで良いはずなのだ）

忍びであろうと平穏に暮らしてゆける太平の世を作りたい、と、信十郎も、二代将軍の秀忠も願っている。その願いが叶いつつあるからこそ、忍びの数が減っている。

（それなのにわしは、またしても、忍びたちに戦いを強いようとしている……）

太平の世を守るため、などと言いながら、ずいぶんと身勝手な振る舞いであるように感じられた。

「何を思い悩んでおる」

キリに鋭い言葉を投げつけられて、信十郎は我に返った。

「つまらぬ物思いに捕らわれておると、不覚をとるぞ」

信十郎は、何もかも見抜かれていたと悟って苦笑した。

「そなたには敵《かな》わぬ」

「当たり前じゃ」

キリはすっくと立ち上がった。

「忍びの数が足りぬのであれば、我らが働くしかなかろう」

「おう、そのとおりや」

勢い良く立ち上がったのは鬼蜘蛛だ。

「久しぶりの悪党退治や。腕が鳴るわい」

キリは「フフフ」と微笑んだ。

「そなたもわかりやすくて良いな」

「何を言うか。馬鹿にするな」

鬼蜘蛛が顔を赤くして立腹した。

第五章　忍び草

一

「なんとのぅ、奇怪《あや》しゅうおます」

駿府城下を抜ける東海道を、川越町の見附《みつけ》（西の境界を守る大門）のほうから歩いてきた弥助が、信十郎の許に歩み寄ってきて囁いた。

弥助は、なかなかに手練の忍びである。この駿府では、京都から下ってきた呉服屋を名乗っている。人に聞かれそうな場所では、用心して京言葉を話した。

「どうしたのだ」

信十郎は茶店の前の縁台に腰を下ろしていた。茶碗で口許を隠しながら、忍び同士でしか聞き取ることのできぬ声音で質した。

弥助は同じ縁台の端に腰掛けた。

「山忍びたちの姿が見えしまへんのです」

信十郎は浮かない顔つきで頷いた。

庄左衛門とキリは、配下の伊賀者を駿河家の領内に走らせて、天海配下の山忍びたちを見つけ出そうとした。

「そやけど、どこにも姿があらしまへんのや。御城下も、街道筋も、隈《くま》なく当たらせたんどすけどな」

「城下に商人や旅人としてもぐりこんだのではないのか」

信十郎や、この弥助がそうしているように。新興都市は密かに潜入したり、土着したりしやすい。

弥助は首を横に振った。

「御城下に住み着こうと思ぅたら、町奉行所のお役人に、人別を差し出さなければあきまへん。……伊賀組は、駿府町奉行所の役人にも、鼻薬を嗅がせております。が、怪しい者が大勢移り住んだ様子もない、とのことで」

「道々の輩からの報せは」

「そちらも、何も言うてまいりまへん」

「こんなことは言いたくないが……」

信十郎は茶をグビリと飲み干した。

「山忍びは山で暮らす者どもだ。山伏などとの紐帯《ちゅうたい》は緊密だ。道々の輩が伊賀組よりも山忍びとの約定《やくじょう》を重んじて、匿っているのではないのか」

すると弥助が人の悪そうな笑みを見せた。

「道々の輩は服部半蔵様の恐ろしさをよう知ってはります。半蔵様を裏切ったら、どんなきつい折檻を受けることになるか……。フフ、半蔵様を裏切ることなど考えられまへんわ」

弥助の言う半蔵とは先々代の半蔵、半ば伝説と化した初代半蔵を指しているのだと思われたが、

(たしかにキリも、怒らせたら何をしでかすかわからぬな)

信十郎は他人事《ひとごと》のように思った。

「となれば、野山に伏せているとしか考えられぬ」

「野山でっか」

忍びは野宿を苦にしない。

「山忍びたちは山を信仰している。身を隠すならば、富士の山麓が絶好であろう」

「さいでございますな」

「しかし、いずれは駿府の城下に潜入を図るはずだ。忠長殿は駿府におられる。忠長殿を殺めようと思ったら、山忍びたちのほうから駿府に足を運ぶよりほかに、方法がないのだからな」

「へい。見張りを厳にするようにと、言いつけておきます」

弥助は風呂敷包みを背負い直して立ち上がった。茶店の老婆に銭を渡して、街道を東へ歩きだした。

「こっちも勘定だ」

信十郎も銭を縁台に並べた。


この時代には、いまだ参勤交代の制度は定められていない。全国の大名たちは、江戸に出府したいと思ったら、幕府に届けを出して、許可を得しだいに参勤してくる。国許に帰りたいと思ったら、随意、幕府に届けを出して江戸を離れる。

国許に滞在できる期限が切られているわけではないから、延々と国許に留まっていても良い理屈だが、あまり長いこと江戸に顔を出さないと、「そろそろ出府してはいかがか」と催促状が届けられてしまう。幕府に催促をされたらさすがになにかと気まずいので江戸に出てくる。

この頃の幕府はずいぶんと呑気な体制だったと言えなくもない。

信十郎は東海道を東に向かった。江尻《えじり》と興津《おきつ》の宿場町を通過して由比宿《ゆい》へと向かう。由比の宿まで六里（二四キロメートル）ほどの距離で、信十郎の足でならば二刻（四時間）で到達することができた。

由比の宿場から街道を外れて北に進む。広大な富士の裾野に出た。

富士山麓には樹海など、手つかずの自然が残されている。信十郎は、その広大な風景に圧倒された。

（まさに、海の広さを見る思いがするな……）

こんなに広い原野に隠れ住まれたら、見つけ出すことは不可能に近い。

（煮炊きの炊煙を見つけることができれば、あるいは……）

忍びも人であるかぎり、最低限の火を使わずには生きてゆけない。白い煙は遠くからでもよく見える。

（伊賀の忍びには、炊煙を目当てに敵を探すように勧めておくか）

否、彼らであれば、最初からそれぐらいは心得ているはずだ。

いずれにせよ、この役目は伊賀者たちに任せておくしかないようだ。

（わしは、忠長殿から離れぬほうがよい）

伊賀者たちは駿府城内に入ることが許されないが、信十郎なら、忠長の身近に侍《はべ》ることができる。

信十郎は駿府に戻ることにした。

今度は街道を西へ向かう。チラリと目をやると鬼蜘蛛が、一定の距離を保ってついてくるのが見えた。

（鬼蜘蛛も難儀なことだな）

信十郎はフッと微笑んだ。

（いつまで経っても世が定まらぬから、わしも鬼蜘蛛も身を休める暇もない）

富士から吹き下ろす風が冷たい。

キリシタンの騒動に対処しているうちに、季節は晩秋へと移りつつあった。

二

それからしばらくのあいだ、駿府と江戸とのあいだでは、奇妙な平穏がつづいた。

徳川幕府の公式記録——徳川実紀《じっき》にも、格別のことは見当たらない。

しかし、この平穏の陰では、信十郎たちと山忍びたちとの、行き詰まる駆け引きが展開されていたのだ。

忍びの戦いは根気の勝負である。忍びは敵の油断につけこんで暗躍する。山忍びたちの狙いは忠長の命だ。信十郎たちが気を張りつめさせているあいだは、成功を期しがたい。相手が気を緩めるまで延々と待ちつづけるしかない。

信十郎たちとすれば、延々と警戒をしつづけなければならない。緊張したまま身心を休める暇もない。

この心理戦こそが、忍びの死闘なのであった。

鬼蜘蛛が大きな欠伸《あくび》を漏らした。

「もしかしたら山忍びどもは、諦めて江戸に戻ったんとちゃうか」

ここは駿府城下、院内町《いんないちょう》と呼ばれる町人地である。旅人に軽食を出す煮売り屋の二階に、鬼蜘蛛と信十郎は移っていた。

忍びの隠れ家も、ずっと同じ場所を使いつづけると敵に見破られる。何度も転移する必要があった。

信十郎は愛刀、金剛盛高《こんごうもりたか》の手入れをしていた。視線を手許に向けながら答えた。

「我らがそう思い込むのを待っておるのかもしれぬ」

鬼蜘蛛は気だるそうに首の後ろをかいている。

「伊賀者が大勢駆けつけてきて、城下を固めたから、手も足も出ないと思ぅたんやないやろか」

「そうかもしれぬが、油断はできぬ」

鬼蜘蛛は下唇を突き出して、腕組みをした。

「火鬼は何をしておるのやろ。こっちに味方する気があるんやったら、こういうときにこそ、内通してくれたらええのや」

信十郎は「フフッ」と笑った。

「鬼蜘蛛らしくもない物言いだな。あれほど『火鬼は信用するな』と言っておったのに」

「なんとでも言うたらええ。こっちはもう、待たされるのに飽き飽きしとるのや」

持久戦となれば、暗殺者の側に利がある。

真っ向から勝負したら、暗殺者側は勝てない。多勢に無勢で討ち取られるのが関の山だ。しかし、暗殺者側は、いつ、どこで、どうやって仕掛けるのかを自分で決めることができる。決行の日まで十分に準備を整え、英気を養うことができるのだ。

待ち受ける側は二六時中、緊張していなければならない。

「せめて、敵の居場所を摑むことができればええのやけどな。伊賀モンはまだ何も知らせてよこさんのかいな」

「まだ何もだ」

野営の炊煙すら見つからない。鬼蜘蛛でなくとも、山忍びは揃って引き上げたのではないか、と疑いたくなる。

「まぁ、根比《こん》べだな」

信十郎は磨き終えた刀に柄《つか》を被せて、目釘を刺した。

数日後、晩秋の冷たい雨が降る中を、キリが一人でやってきた。

「おう。こんな所で男が二人、むさ苦しくも暮らしておったか」

信十郎と鬼蜘蛛を見るなり皮肉を飛ばす。相も変わらずの口の悪さだが、それはキリが服部家の棟梁として精気を漲らせている証拠であろう。稗丸を育てる母親や、渥美屋の主として振る舞っているときには、こんな悪口を吐き捨てたりはしない。

(なんとも頼もしいことだ)

信十郎は苦笑いをした。

「何を笑っておる」

キリが咎めながら腰を下ろした。

「急の知らせだ。どうやら山忍びが動きはじめたぞ」

「おう」と答えて身を乗り出したのは鬼蜘蛛だ。

「それを待っとったんや」

キリは「うむ」と頷いた。

「山忍びどもめ、どこからともなく現われて、富士宮《ふじのみや》に集まったらしい」

信十郎は訊き返した。

「富士山本宮浅間大社《ふじさんほんぐうせんげんたいしゃ》か」

駿河国一宮《いちのみや》、富士山本宮浅間大社の社殿は、徳川家康によって寄進されたものだ。駿河国で最も格式の高い神社である。

鬼蜘蛛が首を傾げた。

「なんで、そんな所に集まったんや」

「知らん」

キリはぶっきらぼうに答えた。

「しかし、富士宮の、ずいぶん古株の神職が、面白いことを知らせてまいったぞ。集まった忍びの中に、土鬼の姿があったそうだ」

「土鬼？」

信十郎は眉を顰めた。

「その名から察するに、四鬼の一人か」

「そうだ。信十郎が倒した風鬼、片腕を斬り落とした隠形鬼、顔を焼いた火鬼につづいて、残された最後の鬼であろうな」

「……我ながら、ずいぶんと酷い仕打ちをしたものだ。その土鬼とやらも、わしのことを大いに憎んでおることだろう」

「そうであろうな。仲間の仇を討たねば、四鬼の体面を保つこともできまい」

信十郎は金剛盛高を摑むと腰を上げた。

「どこへ行く」

キリが鋭い眼差しを向けてきた。

「富士宮へ行ってくる。山忍びが集まっておるのなら、行って咎めねばならぬ」

「そのようなことは庄左衛門に任せておけ。すでに伊賀者たちが富士宮に走っておる」

「ならばわしも」

「おう。ワイもや」

今にも飛び出していきそうな男二人をキリが止めた。

「知らせをよこした富士宮の神職によれば、山忍びどもは頭数を揃えると、すぐにどこかへ消えたとのこと。なにやら臭うとは思わぬか。なぜ彼奴《きやつ》めらは、人目につくように姿を現わしたのか」

「我らの目を引きつけるための囮《おとり》だと言いたいのか」

鬼蜘蛛が唇を尖らせた。

「四鬼の一人もいたのやろ。山忍びの頭目やで。富士宮に集まった連中、囮やのぅて、本隊とちゃうんか」

「そうだとしても、我らを富士宮まで走らせた、その隙を突いて、駿府城下に潜り込もうという魂胆かもしれぬ。信十郎」

「なんだ」

「忠長は今、どこにおる」

「城の御殿におられるはずだ」

「忠長の許を離れるべきではないな。いずれ刺客は、忠長の許に現われるはずじゃ」

「言われてみれば、そのとおりだ」

「信十郎は忠長の許に行け。山忍びどもは我ら伊賀者が狩る」

「わかった。この一件、朝倉殿のお耳にも入れておかねばなるまい」

「それが良い。たとえ我らが皆殺しにされたと聞いても、けっして忠長のそばを離れるではないぞ」

「……不吉な物言いをする」

信十郎が顔をしかめると、キリは美貌を歪めて笑った。

「不吉を恐れて忍びが務まるものか。そなた、太平に慣れて、百姓町人のような物言いをするようになった」

「うむ」

たしかに以前の自分であれば、危機や困難に喜々として飛び込んでいったであろう、と、信十郎も思わぬでもない。

憂悶を覗かせた信十郎とは裏腹に、キリはやる気満々だ。

「太平楽を決め込むのはまだ早いぞ。徳川の世など、いつ覆るか知れたものではない。乱世の種は、いたるところに転がっておる」

そう言ってから、キリは小首を傾げた。

「いっそのこと忠長には死んでもらったほうが、天下太平のためには良いのかもしれぬな」

「それを言うな。わしは城に行ってくる」

信十郎は座敷を出て、階段を降りた。

兄弟で殺し合う生き地獄を、この世に現出させてはならない。忠長の身を守ることは、秀忠との約定《やくじょう》でもあった。

三

信十郎は三ノ丸にある朝倉屋敷に訪いを入れた。鬼蜘蛛は信十郎に仕える小者に扮して鋏箱《はさみばこ》など担いで、あとにつづいた。

「富士宮に、山忍びが！」

朝倉宣正は、知らせを聞くなり愕然となった。

「その曲者どもが、総掛かりで殿を襲うと申されるか」

人払いされた座敷には、宣正と信十郎の二人きりしかいない。不穏な事柄も直截《ちょくせつ》に口にすることができた。

「敵が何を企んでおるのか、それはしかとはわかりかねます。江戸よりまいった伊賀組が富士宮へ走りましたゆえ、いずれ詳報が届きましょう」

「江戸より、伊賀組が来ておるのか。それも大御所様のご厚情でござるか」

徳川の忍軍である伊賀組を動かすことができる者は限られている。

信十郎は、詳しい経緯を説明するのが面倒だったので、宣正の誤解に任せて曖昧に頷いた。

「頼りになる者どもにござる。ただしこの伊賀組の件、附家老様お一人の胸の内にお納めおきくださいますよう。他言はご無用に願いまする」

「むむ、あいわかった」

「拙者も大納言様のお近くに侍り、御身をお守りする覚悟にございまする。御城内に詰めさせていただきとう願い上げまする。それとも拙者の身分では、大納言様のお近くに侍ることは許されませぬかな?」

「そのようなことはない。貴殿は大御所様の命《めい》を奉じて我が殿を何度もお救いくだされた。貴殿を追い返したりしたら大御所様に叱られる。それにじゃ、我が殿は貴殿をたいそうお気に入りでござってな。気難しい殿じゃが、貴殿であれば喜んで陪席を許されることでござろう」

「なにとぞよしなにお取り計らいくださいませ」

信十郎は低頭した。朝倉宣正は「うむ」と頷いた。

「されば早速」

宣正は信十郎を残して、二ノ丸の御殿に向かった。日常の忠長は、主に二ノ丸御殿で生活している。

二ノ丸御殿に入り〝常ノ御座所〟と呼ばれる座敷に向かっているときであった。中庭の濡れ縁に、小姓が一人、ぼんやりと立っているのが見えた。

（妙な所に立っておるな）と、宣正は思った。

大名屋敷の廊下は、身分によって通る場所が異なる。宣正のような大身の家臣は畳廊下（入側《いりがわ》）を通る。身分の低い家臣は濡れ縁（縁側）を通る。小姓は畳廊下を歩くことの許された身分であったが、なにゆえかその者は、縁側に一人で立っていたのだ。

空を見上げているようだ。天候の観相（気象予測）でもしているのかと思い、宣正は小姓に歩み寄った。

「何をしておる」

声をかけると、小姓は初めて宣正に気づいた様子で、ハッと息を呑み、それから大慌てで両膝をついて平伏した。

宣正も空を見上げる。空には凧が一つだけ上げられていた。

思わず宣正は苦笑した。

「なんじゃそのほう、凧に見とれておったのか。凧上げに逆上《のぼ》せあがる歳でもなかろうに」

小姓はひたすら恐れ入った様子で、ふたたび低く頭を下げた。

小姓は一般的に元服前の少年のことを指すが、徳川家と親藩においては、一つの役職の名称である。将軍や殿様の身の回りの世話をするのが役目だ。大の大人が小姓を勤めている場合もある。

その小姓は、二十歳を越えたばかりの年格好である。宣正には見覚えがあった。

「たしか、丸山七吾郎《まるやましちごろう》と申したな」

才気煥発で、色白の顔だちが女人のように美しい。忠長のお気に入りの臣である。忠長は「わしが逸物に鍛えてやるのだ」などと言って身近に置いて、大事な役目を任せたり、あるいは無理難題を吹っかけたりしていた。

「ぼんやりと凧などに見とれておったら、殿に叱られようぞ」

七吾郎は恐縮しきった態で頭を垂れた。

「面目次第もございませぬ」

宣正は苦労人であるから、若い者の失態をしつこく咎めたりはしない。

「殿はいずこにおわすのだ」

七五郎は「ハッ」と答えた。

「鶴ノ間にて、御鉄砲の手入れをなさっておられました」

「鶴ノ間じゃな」

宣正は七五郎に背を向けて歩みだした。七五郎はその後ろ姿に向かって平伏した。


信十郎は、朝倉宣正の屋敷で、宣正が戻るのを待っている。

「信十郎」

庭で囁き声がした。信十郎は腰を上げると障子を開けた。

いつの間にか、鬼蜘蛛が庭に忍び込んでいる。

信十郎は呆れた。

鬼蜘蛛は手練の忍びだが、こうもやすやすと侵入できてしまっては困る。

「誰にも見咎められなかったのか」

「おう、誰にも見つかりはせぇへんかった。いや、それどころやないで、凧が上がっとる」

「爪だと。どこだ」

「屋根に上れば見えるわい」

「よし」

信十郎は腕を伸ばして鴨居を掴んだ。勢いをつけて外に飛び出し、そのまま空中に躍り上がると、屋根の軒を掴んで身を躍らせて半回転して、屋根瓦の上に飛び移った。

「おう、あれか」

鬼蜘蛛もすぐによじ登ってきた。

「そうや。あの爪や」

「剣呑《けんのん》だな」

爪上げはもともとは、ただの遊びなどではなかった。戦国時代には合図として上げられることもあったのだ。爪の形や絵柄で何を伝えるのかをあらかじめ決めておいて、遠くの味方の目につくように上げられる。

「鬼蜘蛛、あの爪を上げている者を確かめてきてくれ。できれば捕らえてほしい」

「子供であってもか」

「子供であってもだ。山忍びが子供に上げさせておるのかもしれぬ。ただの子供であったなら、あとで親許に返せば良かろう」

「わかった」

鬼蜘蛛は音もなく屋根の端から滑り降りた。鬼蜘蛛の気配が遠ざかっていく。

信十郎は屋根の上で考え込んだ。

（いったい誰に、何を知らせようとしたのか……）

あれが山忍びの合図だとしたら、合図を受け取った山忍びは、外界とは隔てられた場所にいる、ということになる。直接に会って話をしたり、矢文《やぶみ》を打ち込める距離にいる者なら、凧などで連絡をつけずともすむ。

（山忍びは、どこに潜んでおるのだ）

考えてもわかるはずがない。あの凧を見ることができる場所にいた者は、駿府城内と城下を含めて、何千人もいるはずであった。

間もなく宣正が二ノ丸御殿から戻ってきた。

「おう、お待たせいたしたな」

宣正が座敷に腰を下ろす。信十郎は何食わぬ顔でもと居た場所に座っている。不躾《ぶしつけ》にも附家老の屋敷の屋根に登ったことなどおくびにも出さないし、また、気づいた者もいなかった。

「殿は貴殿の陪席を許してくだされたぞ。なんとなれば、駿河家の家臣に取り立ててやっても良い、などと、あの殿が珍しく軽口を叩いておられたわ。殿と貴殿は余程に良い合い口なのでござろう」

いつも不機嫌で短気極まる忠長が、上機嫌で許してくれた。宣正も主君に釣られたのか、機嫌良さそうに語った。

だが、信十郎は厳しい顔つきで答えた。

「いささか風雲急を告げてまいりました。拙者はこれでお暇《いとま》をつかまつりまする」

「えっ」と驚いたのは宣正だ。顔色まで悪くなった。

「殿は……、貴殿がお見えになるのを喜んでお待ちでござるゆえ……、ここで帰られては困る。拙者が殿に叱られる」

「左様ならば、富士宮に曲者が集まっておるという、あの話をお伝えくだされ。拙者は曲者どもを討ち取りに行かねばならなくなりました。拙者は、大納言様をお守りせよ、との、大御所様の御下命を賜ってまいった者でござれば、これが務めにございまする」

「かように申されては、大御所様の手前、無理に引き止めることもできぬが……、しかし、殿はお怒りに──否、落胆なされましょう」

　忠長は、自分の思いどおりに事が運ばぬと、すぐに癇癪を起こす質《たち》だ。まるで子供のようだが、これもまた、信長譲りの気風なのであろう。

「大御所様から貴殿への御下命も含めて、お耳に入れることにいたそう」

　信十郎はわずかに微笑んで低頭した。

「左様ならばこれにて御免被ります る」

　金剛盛高を摑むと、スックと立ち上がった。

　信十郎は三ノ丸の門を通って外に出た。そのとき、ふと、何者かの視線を感じた。足を止めずに、見るでもなく、視線を二ノ丸に向ける。二ノ丸の隅櫓の窓に、何者かの影が見えた。

（わしを見ているのは、あの者か）

　肌に張りつくような敵意を感じた。しかし信十郎は何食わぬ顔で城外に出て、街道を東へ、富士宮の方面に向かって歩きだした。

（帰って行ったか）

丸山七吾郎は信十郎を目で追っていたが、その姿が見えなくなったので、窓辺から離れた。

(あの男、波芝信十郎と申したな)

七吾郎は小姓として忠長に仕えるようになってから、まだ一年にしかならない。それゆえこれまでの、忠長と信十郎の経緯《いきさつ》は知らなかった。

先ほど朝倉宣正がやってきて、大御所秀忠の旗本がやってきたと忠長に告げた。忠長はその男の名を聞いただけで機嫌を良くした。

波芝という男は、これまでに何度も——つい先日も、駿府城にやってきた。だから七吾郎もその名と顔は覚えている。

今、なぜここにきて、大御所秀忠の旗本が押しかけてきたのか。七吾郎は嫌な予感を覚えたのだが、その男は急いで東へ去って行った。

(ムッ、今度は朝倉様か)

宣正が忙《せわ》しない足どりで二ノ丸に向かってくる。今度は何を知らせにきたのであろうか。是非とも知っておかねばならぬ。七吾郎は隅櫓を出て御殿へと戻った。

七吾郎は忠長の小姓であるから、忠長が附家老と対面する際にも、同じ広間に臨むことができる。何食わぬ顔で座っていると、間もなく宣正が入ってきた。

「まことに申し上げにくいことながら——」と前置きしてから宣正は、先ほどの男が忠長に挨拶もなく辞去したことを告げた。

忠長はカッと激怒した。手にした扇子をギリギリと握りしめる。扇子の骨が今にも砕けてしまいそうだ。

その顔つきを七吾郎は横目で窺う。忠長は腹を立てているのではなく、残念がっているのだとわかった。忠長は残念に思っているときにも、激怒するのである。

(あの男と殿は、身分を越えた友垣なのだな)

それも、余程に親しい仲であるらしい。

「波芝はなにゆえ、わしに無断で帰ったのだ！」

忠長が絶叫した。朝倉宣正はひたすら恐懼《きょうく》して平伏している。

「波芝殿が申すには、富士宮の近辺に騒擾《そうじょう》の気配ありとのことでございまして……」

「なにっ」と声に出して叫んだのは忠長。心の中で叫んだのは、七吾郎であった。

宣正は冷汗まじりでつづける。

「波芝殿の、そのう、ご家来が——」

伊賀者の名を出すことはできない。

「富士宮の近辺になにやら、胡乱《うろん》な者どもが集まっているのを見つけたらしく……波芝殿は大御所様より『殿の御身を守れ』との御下命を賜った身。大御所様の命《めい》に従うのが第一義と考えなされて、急ぎ、富士宮に向かわれたのでございまする。これも忠義。殿の身を案じるからこその働き。一言の挨拶もなく、無礼とも思《おぼ》し召しでございましょうが、ここは御寛恕《かんじょ》あってしかるべきかと……」

「なるほど父が……。うむ、父の命《めい》を奉じて、曲者退治に向かったと申すのだな」

宣正のくどくどしい言上《ごんじょう》を聞いているうちに、忠長の険しい表情が和らいできた。

「大御所様も、波芝殿も、ただただ大納言様の御身を案じておられるのでございまする」

「あいわかった！」

忠長は扇子でポンと膝を叩いた。

「波芝の忠義、わしは嘉《よみ》するぞ！　あの者ほど、このわしに尽くしてくれる者は、わが家中にもおらぬであろう！」

「これは……、面目次第もないお言葉を頂戴しました」

七吾郎は心の中で「フン」と鼻を鳴らした。

七吾郎も忠長と同じことを感じていないでもない。駿河家の家臣団は、徳川本家から転出させられた旗本や御家人たちと、かつて甲斐の領主であった武田の旧臣、駿河の領主であった今川《いまがわ》の旧臣、さらには忠長が気に入って集めた諸国の浪人たちなどで構成されている。はっきり言って烏合《うごう》の衆だ。忠義のほども定かではない他国者たちの集まりなのだ。

（こちらにとっては都合がよい）

そしてもう一つ、都合の良い事態が進行している。

波芝信十郎も、朝倉宣正も、富士宮の囮にすっかり騙されたようだ。

いよいよ決行の時か。と、七吾郎は思った。波芝信十郎が戻ってくる前に、決着をつけねばなるまい。

四

子《ね》ノ刻（午前零時）を告げる鐘の音が、城下の、はるか遠くから聞こえてきた。

丸山七吾郎は二ノ丸御殿の、小姓の詰所にいた。

夜の静寂《しじま》に耳を澄ませて、鐘の音をしかと確かめる。

駿府の時ノ鐘は、駿府城からずいぶんと離れた場所に置かれている。

かつては駿府城内の鐘櫓に時ノ鐘があり、城内から時刻を報せていたのだが、城主であった徳川家康が、時報のたびに目を覚ましてしまい、ついには癇癪を起こして、鐘を移させたのだ。

たしかに年寄りは眠りが浅いので、深夜の鐘は辛かったのであろう。しかし七吾郎は若者で眠りも深い。うっかりすると鐘の音を聞き逃してしまうことがある。七吾郎の役目は小姓。忠長の寝所に張りついて、寝ずの番をすることもある。うっかり寝過ごしたりしたら大事《おおごと》であった。

七吾郎は詰所を出て、忠長の寝所へ向かった。雨戸が閉ざされた畳廊下を進む。廊下の隅に灯籠が置かれている。七吾郎の影が真後ろに長く伸びていった。

雨戸の外で人の気配がした。駿河家の番士が、庭の見廻りをしているのに違いない。

七吾郎は中奥御殿へと進んだ。

忠長の寝所は中奥御殿と奥御殿の二箇所にある。奥御殿は、のちの大奥と同様、男子禁制である（実際には厳重な監視の下で、医者や庭師、建物を修繕する職人などが入ることはある）。

忠長が奥御殿に入ったときには、奥御殿の侍女たちが忠長の世話をする。七吾郎のような小姓たちは、朝まで仕事がない。

逆に忠長が中奥御殿の寝所に入ったときは、就寝前のお相手や、寝ずの番などの勤めを果たさなければならなかった。

七吾郎は、中奥御殿の一番奥まで進んだ。そこに忠長の寝所があった。

寝所の障子の外、廊下の畳の上に、同輩の小姓が座っていた。七吾郎の姿を目にすると、やおら立ち上がって低頭した。

七吾郎も挨拶を返す。

「お役目、ご苦労にござる」

「丸山殿も」

その小姓はチラリと障子に目を向けた。

「今宵の殿は、よくお休みにございまする。左様ならば、これにて」

役目の終わった小姓は、足音を忍ばせながら小姓詰所に戻って行った。

七吾郎は小姓が今まで座っていた場所に腰を下ろした。

夜が更《ふ》けていく。今夜は風が強いようだ。雨戸が音をたてている。どこからともなく吹き込んできた風が、七吾郎の首筋をひんやりと撫でた。

雨戸が音をたてるたびに、七吾郎は障子の奥に耳を澄ませた。癇癖《かんぺき》の持ち主である忠長は眠りも浅い。多血症で常に興奮状態にあるのかもしれない。

七吾郎は注意深く、忠長の寝息を確かめた。眠りが浅かったり、夢を見ているときには、寝息が乱れるということを、七吾郎は知っていた。

今宵の忠長は深く寝ついているらしい。規則正しい寝息が伝わってきた。

（よし）と、七吾郎は覚悟を固めた。腰の脇差に手を伸ばした。

風の音が強いことも、逆に考えれば好都合だ。多少の物音は消してくれる。七吾郎は障子に手をかけた。

さすがに家康御用達の職人が手掛けただけあって、障子は音もなく開いた。忠長の寝息がより大きく聞こえてきた。

（やるならば今）

駿河家にも忍びはいるのだが、その忍びたちは富士宮の囮に引きつけられているはずだ。まさしく忠長を暗殺する好機である。今夜を逃しては、次の機会がいつになるかわからない。

七吾郎は足袋の裏を滑らせながら、忠長に向かって進んだ。

忠長は夜着を被っている。夜着とは着物のように袖と衿がついた夜具で、裾は足の先まで覆うほどに長い。この時代の〝布団〟とは敷布団のことで、掛け布団はまだ存在していない。

七吾郎は脇差の柄《つか》をまさぐった。しかし刀は抜かなかった。代わりに柄の巻糸のあいだから太い針を引き抜いた。その針は、急所に刺せば即座に人を死に至らしめるだけの威力を秘めていた。

(うつ伏せや横向きで寝ているのならば盆の窪、仰向けならば心ノ臓に刺す)

針を掌中《しょうちゅう》で持ち替える。忠長は頭まですっぽりと夜着を被っている。足音をひそめて枕元に忍び寄り、夜具の衿に手を伸ばした。

(横を向いて寝ておられる)

夜具を引き剝ぐと、首の後ろが覗けた。

(お命、頂戴つかまつる!)

七吾郎はその首筋に針を打ち込もうとした。

その瞬間——、夜着がブワッと翻り、七吾郎の視界を覆った。そのまま七吾郎に覆い被さってきた。

いったい何事が起こったのか、七吾郎にはわからない。慌てて夜着を振り払おうとした、その直後、

「グワッ!」

七吾郎は右肩に凄まじい衝撃を感じた。

(斬られた!)

焼けつくような痛みとともに、肩の骨が、鎖骨が、砕ける音を聞いた。

目の前に男が立っていた。

(大納言様ではない……!)

男は刀を握っていた。刀身は七吾郎の身体を深く斬り割っていた。

黒々とした液体が目の前で噴き上がっている。

(俺の血だ)

それが最期であった。七吾郎はその場に倒れた。七吾郎は絶命した。

信十郎は金剛盛高を懐紙で拭うと、刀に納めた。

足元には小姓の死体が転がっている。袈裟懸けに裂かれた切り口から血がとめどなく流れていた。

「波芝殿……!」

寝所の奥には〝武者隠し〟という小部屋がある。板戸を開いて朝倉宣正が飛び出してきた。

信十郎は、腹中に溜まった息を吐き出した。

「終わりました」

宣正は足をもつれさせながら寄ってきて、小姓の顔を覗き込んだ。

「……丸山！」

信十郎は宣正に訊ねた。

「駿河家の御家中に、間違いござらぬか」

「間違いない。日頃から殿に忠勤いたしておった。殿もずいぶんと可愛がっておられたのだが……」

信十郎は溜め息をもらした。

「〝草《くさ》〟にございましょう」

「草とは？」

「敵地に忍び込み、その土地の者に成りきって暮らしつつ、密かに暗躍する忍びのことにござる」

「な、なんと。丸山七吾郎は忍びであったのか！　ううむ、おぞましい話じゃ」

今はそれどころではない。

「大納言様は」

「貴殿の献策に従い、大納言様には急遽、奥御殿に入っていただいた。小姓には何一つ知らせておらぬが……」

「その用心が功を奏しましたな。草を罠にかけることができ申した」

今ごろ忠長は、何も知らずに愛妾の肌を撫でているのに違いない。

信十郎は凶器の針を拾い上げた。

この武器をキリや庄左衛門に見せて、いずこの忍びが使う武器であるのか、調べてもらう必要があった。

「危ういところで殿は虎口《ここう》を脱したのぅ……」

宣正も針を見て怖じ気を震う。

「それもこれも波芝殿のお陰にござる。宣正、御礼申し上げる」

宣正が白髪頭を下げたそのとき、表御殿から複数の足音が聞こえてきた。七吾郎があげた悲鳴が聞こえたのに違いない。宿直《とのい》の者たちが異常を察して駆けつけてきたのだ。

「な、波芝殿は武者隠しから外へ……！　この場はわしが取り繕うゆえ」

「お頼みいたす」

信十郎は武者隠しに入って、板戸を閉めた。

小姓や近習番たちがやってきた。手に手に灯《ともし》を掲げているようだ。障子が廊下側から明るく照らされた。

「殿、今の叫び声は何事にございましょうか！」

「開けまするぞ！」

障子を開けて十名ほどが一時にドヤドヤと踏み込んできた。

「何者！」

近習の一人が、闇の中に立つ影に気づいてサッと灯を翳した。そして炎に照らし出された宣正に気づいて、慌てて灯を引っ込めた。

「御家老！　これは、とんだご無礼を」

恐縮するが、しかし役目柄、それで引き下がるわけにもいかない。

「今の悲鳴は何事でございましょう」

と、質《ただ》してきた。

宣正は視線を足元に落とし、顎の先でクイッと指し示した。小姓と近習たちは寝所の布団に目をやって、そこに死体が転がっていることに気づいた。

「まさかっ、殿が……？」

宣正は動揺する家臣たちを一喝した。

「うろたえるな！　良く見よ」

小姓の一人が屈み込んで、死体の面相を検《あらた》め、そして叫んだ。

「丸山殿……！」

いったい何が起こったのか、なにゆえ小姓が斬殺死体となって、忠長の布団の上に転がっているのか。そもそもどうしてこの場に宣正がいるのか。理解しがたいことばかりである。

宣正もまた、この事実をいかに取り繕うべきかで悩んでいた。

ほんとうのことは絶対に口外できない。家光とその側近たちが刺客を放った、などと知られたら、幕府のひっくり返るような騒動に発展しかねない。

(ならば、丸山はいずこの者とも知れぬ草で、寝所に忍び込んだがゆえに討ち取ったということにいたすか)

即座に宣正は、それもまずいと覚った。

駿河家は寄せ集めの家臣たちによって構成されている。毎日顔を合わせている同僚でも、その前歴が何モノであるのか、良くわからないことが多いのだ。

(そんな家中に、草が忍び込んでおったと知れたらどうなる)

家中の全員が疑心暗鬼にかられ、互いに互いを疑い、反目しあうに違いない。戦国の遺風を残す武士たちは気が荒い。相手のちょっとした態度や言葉尻を咎めて『貴様、草ではないのか』などと詰め寄り、詰め寄られたほうは『あらぬ疑いをかけられた』と激昂し、刃傷《にんじょう》騒ぎを起こしかねなかった。

(草が潜んでいたことも、伏せておかねばなるまいぞ)

これが腹でも横に斬られていたのであれば、「丸山はおのれの意志で自害したのだ」と嘘をつけるのだが、袈裟懸けに斬られていてはそうもゆかない。誰かに斬りつけられたことは明白だ。

宣正は苦しい決断を迫られた。そして、この場の全員を納得させられるだけの言い訳を思いつくことができず、仕方なく適当に誤魔化すことにした。

「ゆえあって、丸山は死んだ」

小姓の一人が詰め寄ってきた。

「いったいなにゆえ……いえ、いったい何者が、丸山殿を斬ったのでございまするか！」

「聞くな」

問われても答えられないことだから、宣正は他意もなく、そう答えた。

朝倉宣正は謹厳実直な忠義者だが、いささか詐術には疎《うと》いところがある。その真っ正直な人柄が秀忠に評価されているわけだが、こういう突発的な事態に対処するには、いささか人の良すぎるところがあった。

そして自分の発言が、どのような波紋を広げるのかを推察することもできなかった。

宣正の答えを聞いて、小姓と近習たちが一斉に顔色を変えた。

老眼で皆の表情が一変したことに気がつかなかった宣正は、手を振って小姓と近習たちを追い払おうとした。

「下がれ。この事、他言は無用ぞ。けっして外に漏らすこと相成らぬ」

小姓と近習たちは「ハハッ」と答えて低頭する。

宣正も困惑しきっている。

「丸山の死については、重役が評議して処分を決める。それまでは禁句じゃ。丸山はまだ、生きておるものとして扱え」

小姓と近習たちは畏まって、退出していった。

朝倉宣正は大きな溜め息を吐き出した。

「いったい……、どう処置すればいいのか……」

五十五万石の附家老をもってしても、始末に困る事態であった。

五

小姓と近習番たちは、小姓詰所の板敷きに座り、互いの不穏な顔を見つめあっていた。

「殿が、丸山を手討ちにしたのに相違ないと申すのか」

近習番頭が、小姓の一人をジロリと見つめて質した。

「ほかに、考えようもございますまい」

この小姓は、二十歳そこそこの若い者であったが、三十代半ばの近習番頭にも臆さず、きっぱりと答えた。

「もしも丸山殿が曲者に討たれたのだとしたら、御家老様が黙って曲者を見逃すはずがございまするまい。曲者を追えと我らに命じなされたはず」

「ふむ」と唸ったのは、豪傑めかした髭面も厳めしい宿直《とのい》の武士だ。丸太のように太い腕を組んで考え込んだ。

「我らの中に、居眠りなどして、曲者の出入りを見逃した者はおるまいの」

一同は真剣な顔で首を横に振った。

近習番頭が答えた。

「我らは忠勤ぶりを認められ、殿のお近くに侍ることを許された名誉の者たちばかりじゃ。そのような油断はけっして犯すまい。それにじゃ、庭の番衆も、誰も騒ぎ立てておらぬではないか」

豪傑髭の番衆が頷いた。

「いかにも。曲者の出入りはなかったものと考えるよりほかにございますまい」

近習番頭が皆を見渡した。

「ご一同！　念のためじゃ。刀を検めさせてもらいたい。むろん拙者も佩刀を確かめてもらう」

人を斬った刀には、拭っても拭いきれない脂《あぶら》がつく。

ここにいる者たちは全員、中奥御殿の近くにいた。悲鳴が聞こえたとき、全員が顔を合わせていたわけではない。この中に丸山七吾郎を斬った者がいるかもしれない。

潔白を証明するには、刀を皆に確かめてもらうことが一番だ。皆は同意して、長刀と脇差しを抜き、行灯の明かりに翳したが、誰の刀にも、血脂の曇りは見られなかった。

「我らの中に曲者はいない。となれば、やはり……」

近習番頭が言葉を濁す。

二十歳ばかりの小姓が、刀を鞘に納めながら言う。

「拙者の見るところ、丸山殿は深々と斬り下げられており申した。御家老様のご老体では、あのような太刀筋は、とてものこと無理かと」

一同は青い顔をして、唸ったり、溜め息をついたりした。

「やはり殿か」

豪傑髭が言う。

「殿は、小野派一刀流の免状をお持ちだ。一角《ひとかど》以上の剣客におわすぞ」

小野派一刀流は、柳生新陰流と並び、徳川将軍家の御流儀（御家流）だ。家光は理論重視の新陰流を好み、忠長は実践重視の一刀流を好んだ。

「殿のお腕前ならば、丸山を成敗することも難しくはなかろう」

髭の言葉に一同は、真っ青な顔で頷いた。

「やはり殿か。殿が丸山を手討ちにしたのか」

近習番頭が呻くように言った。

「きっとそうに違いございませぬ」

二十歳ばかりの小姓が答えた。

「御家老様が言葉を濁されたのも、我らに口外を禁じられたのも、外聞を憚られたからに相違ございませぬ。このような凶事が大公儀の耳に届けば、いささか厄介なことになろうかと……」

いかに主君とはいえ、家来を一存で手討ちにできる時代ではなくなりつつある。軍事力で天下を奪った徳川家だが、今は帝と縁続きとなり、宮廷からは貴族の官位を授けられていた。忠長は大納言である。忠長の姉の和子は皇后である。皇后の弟が無闇に人など殺して良いはずがない。

「天下万民に謗《そし》られ、帝も、上様も、ご機嫌を損なわれましょう」

小姓の言葉に一同はますます怯えた。

「これはえらいことになった」

豪傑髭が弱気な言葉を吐く。近習番頭が一同を睨みつけた。

「あらためてわしからも命じるぞ。この一件、口外することはけっして許されぬ」

言われるまでもないことだ。こんな恐ろしい話、軽々にお喋りなどできるものではない。

「しかし、なにゆえ丸山殿は手討ちにされたのでしょうな」

別の小姓——丸山と子ノ刻に交代した人物——が憔悴しきった顔つきで訊ねた。

「殿はたしかに熟睡しておられました。丸山殿は才覚者でござったし、殿のお気に入りでもございました。殿の逆鱗《げきりん》に触れ、一刀の許に斬られるなど、あることとは思われませぬ」

皆はまた、溜め息をもらしたり、腕をこまねいたりした。

徳川家には狂気の血が流れている――という噂がある。

家康の長男の信康、次男の秀康、六男の忠輝、秀康の子の忠直など、異常な振る舞いを見せた者は多い。もしかしたら忠長も、と、この場の誰もが、恐怖とともに予感したのだ。

不吉な空気を振り払うようにして、近習番頭が喋りはじめた。

「そのようなこと、我ら家臣がとやかく申すことではない。我らは殿に忠義を尽くし、駿河家を守り立てていくまでのことじゃ」

一同は、不得要領の顔つきながら頷いた。

こうして、駿府城の不穏な夜は更けていった。

信十郎は本丸御殿を抜けると、三ノ丸の朝倉屋敷に戻った。忍びの術は使わずに、堂々と城門を通ったのだ。

信十郎が宣正から借りている座敷に入ると、キリが憮然として座っていた。

「草の始末は済んだのか」

信十郎が座るのも待たずに声をかけてきた。

「ああ、済んだ。忠長殿の小姓が、草であった」

信十郎は事の顚末を告げた。キリは険しい顔をした。

「やはり、富士宮の騒動は囮であったか」

信十郎は金剛盛高を刀掛けに置く。

「見え見えの策であったな」

キリは浮かぬ表情のままだ。

「見え見えすぎて、なにやらかえって訝しいぞ」

「なにがだ」

「そもそも天海は、忠長の傍らにそなたが近仕していることを知っておったはずだ。そなたの人相、風体を草に伝えて、そなたが駿府にいるあいだは決行を控えるようにと伝えることもできたはず。それなのに、まるで、そなたが駿府にいる今この時を見計らったように、事を起こした」

「何が言いたいのじゃ」

「太平の世で、忍びどもの技量が落ちているとは申せ、未熟な草に忠長を襲わせるとは、不可解だとは思わぬか」

「ふむ」

「天海はその草を、最初からそなたに討たせるつもりだったのではないのか」

「いったいなんのために」

「それがわからぬから悩んでおる」

「火鬼がこの件を伝えてよこしたのも、天海殿の策のうちだったと言いたいのか」

「かもしれぬ……と思ったまでよ。フン、人の腹の内など、そうそう読めるものではないわ」

　キリは音もなく立ち上がった。

「どこへ行く」

「今度はオレが探りを入れてみようぞ。表御殿に草が入り込んでおったのだ。奥御殿や台所にも、草が入り込んでおらぬとも限らぬ」

「今から発つのか」

　突飛な行動に呆れていると、キリはニヤリと笑った。

「独り寝が侘しい歳でもなかろう」

座敷を出て行く。すぐにその気配が消えた。念のため信十郎は廊下に首を突き出してみた。広くて長い御殿の廊下のどこにも、キリの姿は見当たらなかった。

六

どんな不吉な夜であろうとも、朝は必ず巡ってくる。朝日が東の空から昇って、駿府城の天守閣を眩しく照らし出した。

忠長は大欠伸を漏らしながら奥御殿を出て、表御殿に戻ってきた。

昨夜はお気に入りの側室を侍らせて、深夜まで酒宴に耽った。にもかかわらず日の出とともに起き出してきたのは気力体力が充実しているからだ。表御殿に通じる廊下を歩きながら、さて、今日は一日、何をして愉しむかと思案を巡らせた。

（そういえば、波芝はどうしたかな）

富士宮に不逞の者ども——朝倉宣正は浪人たちと説明した——が集まっているのを咎めに行ったという。

大騒動になっているのであれば、伝馬が走ってきて急を告げる。駿府城下に集まっている家臣たちに動員がかけられ、城下は鬨《とき》の声で満ちる。

（さほどの騒動でもなかったようじゃな。波芝め、上手く事を鎮めたとみえる）

静かな朝を迎えた城下の様子を窓から眺めて、忠長は満足げに笑みを浮かべた。

（波芝め、早く戻って来ぬか。異国の話をいろいろと質してくれようほどに）

忠長は、信十郎を九州や海の向こうに派遣して、渡海の進捗《しんちょく》具合や敵情を視察させているつもりでいる。信十郎から話を聞き取り、小姓たちに書き取らせ、それを見ながら明国救援の戦略を練るのだ。それが昨今、一番の愉しみであった。

忠長の後ろには、小姓が二人、真っ青な顔で従っている。

夜明け前に朝倉宣正が小姓詰所にやってきて「殿は奥におわす。迎えに行け」と命じた。小姓二人は走り、忠長を迎えた。覇気に満ちた顔つきが、なにやら凄まじく、おぞましげに見えた。

忠長は小姓たちの顔色や、不穏な表情などには目もくれない。堂々と表御殿にある常ノ御座所に入って、床ノ間を背にして座った。朝食が運ばれてくるまで、小姓たちを引見し、無駄話などして時を過ごすのだ。

小姓たちは順番に朝の挨拶をし、忠長もそれに答えた。

（おや？）と、忠長は視線を巡らせた。

（丸山がおらぬな）

昨夜は宿直であったはずだ。姿が見えないのは明らかに奇怪《おか》しい。急病で自分の屋敷に下がったのであろうか。

しかし、誰も何も言わない。

否、誰もが皆、なにやら物言いたそうな顔をしている。しかし忠長と視線が合うと目を伏せる。不審な態度と顔つきだ。無神経で無遠慮な忠長も、さすがに変だと感じはじめた。

「丸山の姿が見えぬが……」

そう口にすると、皆、一斉に顔色を変えた。しかし、丸山七吾郎がどうしたのか、それを報告する者はいない。皆、居心地が悪そうに、身をよじったり、顔を伏せたりしている。

ますます怪しい。忠長は思った。だから、重ねて問い質した。

「丸山はどうしたのじゃ。ここへ顔を出すように命じてまいれ」

小姓たちは、ギョッとした顔つきで忠長を見た。

そんな顔で一斉に見つめられ、忠長のほうもギョッとなった。

(な、なんじゃ。皆で亡霊でも見たような顔をしおって)

小姓の一人がサッと平伏して、答えた。

「丸山七吾郎は、今朝は、お目にかかることが叶いませぬ」

忠長は、平伏したままの小姓を見つめた。主君と家来のあいだながら、重ねて問い質すことを頑として撥ねつける険しさを小姓は漂わせていた。

（いったい、丸山の身に何があったのだ）

忠長は困惑するばかりであった。


駿府城内にはその日のうちに、そして時を経ずして城下の全体に、不穏な噂が広りはじめた。

「殿がご乱心なされ、小姓を手討ちになされたらしいぞ」

「その小姓、日頃ご寵愛の者だったそうな。それを一夜にして、手のひらを返したように、バッサリと……」

駿河家に仕える武士たちは、大身の者も微禄の者も、あるいは足軽に至るまで、寄れば触れば、囁きあった。

徳川家の殿様たちには狂気の血が流れていると皆が信じている。

実際には、内紛や御家騒動で誅殺されたり、改易に処されただけなのだが、神様に祭り上げられた家康と、神聖な徳川家には、いかなる醜聞もあってはならない。

徳川家の名誉を守るため、敗者に罪をなすりつけ、「あの若君は狂っていたから仕方なかったのだ」と言い訳をしたのだが、そのせいで徳川家は、狂った若殿ばかりになってしまった。徳川家は狂気の血筋であると、少なくとも、大勢の人々を信じさせてしまった。

駿河家の家臣たちは青い顔をして目くばせする。言外に「我が殿にも徳川家の病気が出てしまったのではないか」と恐れていた。

忠長が自分で手討ちにした小姓を翌朝呼びつけた――という噂が広まると、いよいよ『忠長乱心す』の評判は決定的となった。

明日は自分が御前に呼びつけられて、凶刃を浴びるかもしれない。駿河家の家臣たちのあいだに、恐怖と動揺が広がった。

台所を出た侍女は、不浄門へと向かった。

両腕に抱えた盥《たらい》の中には、食べ残された料理が一杯に入っている。御殿で暮らす人々――その大多数は奥御殿の姫君とその侍女たち――の残飯は、腐って不浄物となる前に、城外に運び出される。

不浄門は、汚物や、城内で死んだ者の死体を運び出すときだけに使われる裏門だ。人が出入りするための門ではないので、そこへ通じる道は細く、人の気配もまったくしなかった。

城は本丸から外へ向かってだんだんと低くなっている。下女が坂道を下っていたそのとき、

「おい」

唐突に声をかけられた。

侍女が目を転じると、城内に植えられた松の陰から、一人の女がユラリと現われた。気品のある顔だちで、気位が高そうである。身に着けている装束も立派だ。初めて見る顔なので、奥御殿の者ではなさそうだ。重臣の奥方様なのだろうと考え、侍女は腰を屈めて頭を下げた。汚れ物の盥は、脇に置いた。

「お呼びにございましょうか」

「ああ、呼んだ」

女は尊大に答えた。やはりたいした貫禄だ。

「なんの御用にございましょう」

問いかけると、女は、「なんの用、というほどでもないのだが……」などと、答え

をはぐらかす素振りを見せた。

侍女は、目を上げて女の表情を窺った。女は冷たい眼差しで、侍女を見た。

「忠長乱心す、という噂を城外に漏らしたのは、お前だな」

侍女は、全身の毛穴が開いて、嫌な汗がジワッと滲むのを感じた。

女は重ねて問い質してきた。

「そなた、草、だな?」

侍女の身が跳ねた。帯のあいだに隠した細い鎖を引っ張り出し、女の首をめがけて投げつけた。

鎖は女の首に巻きつくはずであった。巻きつくのと同時に躍りかかって、鎖の両端を引き絞る。女は声をあげる暇もなく、絶命するはずであった。

ところが、

「たわけ!」

女が真横に飛んだ。侍女の鎖は女の黒髪をわずかに打ち払っただけで空振りした。

次の瞬間、女が勢い良く踏み込んできた。その片手にはいつの間にか、抜き身の懐剣が握られていた。

侍女の首筋が横からスッパリと斬り裂かれた。

「あっ」

侍女は片手で首を押さえた。指の隙間から凄まじい勢いで、鮮血が噴き出してきた。

「あ、あああ……」

侍女の身体が崩れ落ちていく。自分の身に何が起こったのかわからない、というような表情を浮かべたまま、侍女は絶命した。

キリの姿はどこにもない。霞のごとくに消え去っていた。


侍女の死体は間もなくして、見廻りの番士によって発見された。驚愕した番士は、急ぎ、上役の番頭《ばんがしら》に伝え、番頭は附家老の朝倉宣正に知らせた。

駆けつけてきた宣正は、即座に信十郎を思い浮かべた。

(この侍女も、草だったのか)

この件も伏せておかねばなるまい、と考えた。

「下手人は探すに及ばず」

宣正は集まってきた番士と番頭に言い放った。

「死体は頓死として、家の者に引き渡すが良い」

ただし、その〝家の者〟が、駿府に留まっていれば、の話である。草であるのなら、家族全員で逃げ去ったはずだ。

「草が討たれたか」

寛永寺の宿坊で、天海は忍びを引見した。忍びは土間に跪《ひざまず》いて、深く頭《こうべ》を垂れていた。

「丸山七吾郎、並びに、台所に潜り込ませたくノ一が、相次いで討たれましてございまする」

悲壮な報告であったはずだが、天海は満足そうな顔で頷いた。

「それで良い」

忍びは不可解そうな顔をした。

「せめて、あとすこし手練の忍びを草といたしておりますれば、忠長を仕留められましたものを」

「何を申すか」

天海は首を横に振った。

「すべてはわしの企図したままに進んでおる。これは負け惜しみなどではないぞ。これで良いのだ」

何も答えず顔を伏せている忍びを見て、不満を読み取った天海は、重ねて言い聞かせた。

「忠長殿は、上様の弟君で、大納言の位についておられる。そのような御方が暗殺されたとなれば、この世の中はどうなると思う。天と地がひっくり返る騒ぎとなり、徳川による太平が覆るかもしれぬのだ」

天海は目を細くして、どこか遠くのほうを見た。

「これで良いのだ。忠長殿には、誰しもが納得する形で、この世から消えていただくのだ。我が策は、囲碁で申せば、まだ布石の段階なのだ」

天海は手を振って、忍びに「下がれ」と命じた。

六章　富士の巻狩

一

「このままでは埒が明かぬな」

　キリが険しい顔つきで言った。

「近臣にまで草が紛れ込んでおるとあっては、いよいよ面倒だ」

　煮売り屋の二階で、締め切った板戸の外から荷車の車輪の音が響いている。薄暗い部屋の中には信十郎と庄左衛門、弥助が集まっていた。

「草の洗い出しは、組の者を使いまして、急ぎ進めておりまする」

　服部庄左衛門が答える。草が二人だけとは限らない。早急にあぶり出さなければならないが、しかしそれは、相当以上の難事であった。

信十郎も大きく頷いた。

「駿河家の家中の身元は、朝倉宣正殿が調べておる」

キリは「フン」と鼻を鳴らした。

「その朝倉宣正とて附家老ではないか。附家老とは、公儀より送り込まれた目付役。いわば公儀の忍びそのものじゃぞ」

「朝倉殿は、家光殿と忠長殿との手切れを案じておられる。駿河家にとって不為となるような事をなされる御方ではない」

夫婦仲の怪しくなったのを見て、庄左衛門が急いで口を挟んだ。

「駿河家そのものが、徳川宗家より分かれた家……しかも五十五万石の大大名でございますからなぁ。それこそ、関ケ原浪人や大坂浪人もあまた抱え込んでおられるわけでございまして」

忠長は英雄人傑や著名人を好む。名の知られた武士と見れば、その心ばえも良く確かめずに家来にする癖があった。

「抱えられたお侍様は、家来や小者を引き連れて、駿府に乗り込んでまいられまする。忍びの者が小者などに化けておらぬとも限らぬわけで」

信十郎も腕を組んだ。

「敵の姿が見えぬだけに、いささか厄介な話だな」

キリが舌打ちした。

「伊賀の忍びも堕ちたものだ。昔であれば、ほんの数日で敵方の忍びを洗い出したであろうに」

「そう言うな」

庄左衛門や弥助の手前、信十郎が庇《かば》う。

「本来ならば、駿河に忍び込んだ草を狩るのは、駿河家に仕える忍びの役目だ。昨日今日、乗り込んできた我らにできる仕事ではない」

庄左衛門が渋い顔つきで頷いた。

「駿河にはろくな忍びがおりませぬな。望月《もちづき》とか申す老忍が数年前まで禄を食《は》んでおったようにございまするが、その者も、老いて隠居したよしにございまする」

信十郎は庄左衛門に顔を向けた。

「駿河家の忍び組が役に立たぬから、そなたたちに一肌脱いでもらわねばならぬのだ。ここはなんとしても、我らの手で忍びを狩らなくてはならぬ」

弥助が部屋の隅から言上する。

「駿河家に潜り込んでおった草も厄介でおますけど、山忍びどもの動きも厄介にございますなぁ。富士宮に集まっておった忍びでございますが、あのあと、富士の裾野の原野に隠れ潜んでしもうて、ようよう姿を見せませんのや」

キリは目つきを険しく細めた。

「草と山忍びどもを、一挙に釣り出す策はないものかな」

庄左衛門が質す。

「釣り出す、とは？」

「いずこかに引っ張り出して、一網打尽にする――そういう手筈はないか、と言っておるのじゃ」

「巻狩の獲物ではございませぬから、勢子《せこ》で駆り立てるわけにもまいりますまい」

信十郎は「おう」と応えた。

「巻狩か……。富士の巻狩と申せば〝曾我《そが》兄弟の仇討ち〟だな」

キリが呆れ顔をした。

「何を呑気なことを申しておる」

建久四年、鎌倉将軍源頼朝《みなもとのよりとも》は、富士の裾野に御家人たちを集めて大規模な巻狩を催した。その狩場で、曾我祐成《すけなり》、時致《ときむね》の兄弟が、父の仇の工藤祐経《くどうすけつね》を討ち取った。工藤祐経は頼朝の近臣で、滅多なことでは近づけない。曾我兄弟は工藤が狩場で無防備になる瞬間を付け狙い、見事、父の復仇《ふっきゅう》を果たしたのだ。

「お……」

信十郎の脳裏で何事かが閃《ひらめ》いた。

「それは存外、良き思案かもしれぬぞ」

キリが訝しげな目を向ける。

「何を言っておるのだ」

信十郎はニヤリと笑った。

「曾我兄弟の仇討ちを再現してみたらどうか、と思ったのだ」

キリと庄左衛門と弥助は、不思議そうに首を傾げた。

勢子が大声を張りあげながら原野を進む。横一列に広がって、手にした棹で藪や草むらを叩き、狩りの獲物となる鳥獣を追い込んでいった。

遠くで貝が吹かれている。ジャンジャンと喧しく打ち鳴らされているのは銅鑼《どら》であろう。さらには猟犬たちが、盛んに吠声を響かせていた。

「おおっ、見よ！　まるで戦陣のごとき勇ましさじゃの！」

忠長が上機嫌に笑っている。綾檜笠《あやひがさ》をかぶり、鎧直垂《ひたたれ》を着て、弓手《ゆんで》（左腕）には射《い》籠手《ごて》をつけている。下半身には夏鹿毛《なつかげ》の行縢《むかばき》（夏場の毛の少ない鹿の皮で作られた脚覆い）を巻いたという、さながら源平の絵巻物から抜け出してきたかのごとき、雅《みや》びやかな姿だ。

狩場を見おろす高台には白い幔幕《まんまく》が張られている。そこが忠長の本陣だ。

富士の裾野は火山灰地であるために農耕には適さず、手つかずの原野が広がっている。広大な富士の地形を、まさに一望にすることができた。

原野いっぱいに、駿河五十五万石の家臣たちが散っている。狩場の分担は戦奉行によって綿密に定められており、侍大将や足軽大将たちは——今では番頭《ばんがしら》や組頭と名を替えていたが——家紋が染め抜かれた旗と馬印を高く掲げて、大勢の勢子を指図していた。

獣を追う勢子たちも皆、駿河家の徒士《かち》武者や足軽、雑兵たちだ。戦場を敵に向かって進軍するのとまったく同じ姿と陣形が、忠長の眼前に展開されていた。

「鎌倉公が富士の裾野で巻狩を催されたお気持ち、今こそ得心いたした！」

まったくもって雄大で、心躍る光景である。忠長は満腔を膨らませ、胸を大きく反らせた。

「信長公も、甲斐の武田を攻め滅ぼした際、この地に立ち寄り、馬を責められたと聞く」

そのとき、信長は五十歳になろうとしていたが、雄大な景色を前に逸《はや》る心を押さえがたく、十代の小姓のみ従えて、馬に跨がって走り回った。

いい歳をした大人でさえ虜《とりこ》にしてしまう魔性が富士山にはあるのだ。忠長は身を震わせながら、家来の進軍する様を見つめつづけた。

忠長の後ろ姿を朝倉宣正が心配そうに見守っている。

「ほんとうに、大丈夫なのでござろうか」

宣正の隣には信十郎が控えている。忠長の耳には入らぬように、信十郎だけに聞こえる小声で語りかけてきた。

「今、この時期に狩りなど催し、公儀の疑心を煽りはせぬかと、そればかりが案じられてならぬ」

心配性な宣正とすれば、この巻狩が駿河家の示威行動、兵力を誇示して江戸を挑発する行為だと受け止められはせぬかと案じているようだが、信十郎にいわせれば、もはやそのような段階はとっくの昔に越えている。

（天海殿は忠長殿を殺しにかかっているのだ……）

天海の独断とは思いがたい。家光附きの老中たちも天海に同意していると考えねばなるまい。

（駿河家の兵力を見せつけ、それで相手が怖じ気づいてくれるのであれば、それは願ってもないことだ）

信十郎が大御所秀忠と約束したのは、忠長の身を守ること――である。

（忠長殿は間もなく唐入りをなされる。その時まで、江戸の魔手より守り通せば良いのだ）

忠長が素直に海の向こうに向かえば、家光の側近たちの疑心も解ける。

「……百姓衆より、獣の害が出ておるとの知らせが代官所に寄せられておる、と、このように耳にいたしました」

信十郎が宣正に向かって言うと、宣正は「おや？」という顔をした。

「よくご存じでござるな。左様、禽獣が作物を食い荒らしておるとのことじゃ」

信十郎は、おそらくそれは、山忍びの仕業であろうと看破《かんぱ》した。富士の原野に身を潜めた山忍びたちが、食料を確保するために、田畑の作物を盗んでいるのだ。

これを逆手《さかて》にとってやろうと、信十郎は考えたのだ。

領民の保護のため、また、年貢ともなる作物を獣に奪われてはたまらないから、獣を狩ってその数を減らさなければならない。

このような名目で駿河家は巻狩を催した。領民の保護が目的だから、江戸の将軍家にとやかく言われる筋合いはない。そのはずであった。

「領民の暮らしの安寧《あんねい》を第一とすることは、東照神君様がお命じになられたことにござる。こちらに大儀がある以上、ご心配には及ばぬものと心得まする」

宣正は、それでもまだ案じる様子であったが、とにもかくにも頷いて見せた。

信十郎にとっては、公儀の覚えなど、さしたる問題ではない。もっと別の、大きな問題があった。

(この巻狩で、誰よりも慌てておるのは山忍びどもだ)

鳥獣と一緒になって、勢子に駆り立てられてはたまるまい。

(我らはそこを襲う)

信十郎は密かに本陣を抜け出した。巻狩の喧騒に向かって走りだした。

二

「おう、ここにもある」

鬼蜘蛛が枯れ草をかき分けながら言った。

竹を編んで作った覆いの上に蠟引きの布が被せてある。中を覗くと犬の毛皮が敷かれてあった。

「こんなモンを使って、夜露を凌いでおったんやな」

弥助が走り寄ってきた。

「向こうにも、同じ物が三つ、ありましたで」

鬼蜘蛛は頷いた。

「山忍びどもが数人で組を作って、暮らしておったのやろ」

弥助がチッと舌打ちした。

「こんな野ッ原で寝起きしておったんかいな。城下を探し回っても見つからんわけや」

「乾飯《ほしい》もあったで」

小屋の奥から鬼蜘蛛が袋を引っ張り出す。乾飯は蒸した米を乾かした物で、水につければすぐに食べることができる。

「炊煙を上げずに飯を食うことができたってわけや」

伊賀組が血眼《ちまなこ》になって走り回っても、原野には一筋の炊煙も見つからなかった。その秘密がようやくに判明した。

　鬼蜘蛛は腰を上げた。

「山忍びどもは、塒《ねぐら》を捨てて走ったようやな」

　勢子の大声が近づいてくる。山忍びたちは見つかるのを恐れて、何もかも置き捨てにして逃げたのだろう。

「鬼蜘蛛はん、こっちに足跡や」

　弥助が目敏《めざと》く見つけて指差した。

「おう、山忍びめ、足跡を消す暇もなかったと見えるで」

　鬼蜘蛛も弥助も、勢子の扮装をしている。朝倉家の合い印を背負っているので、駿河家の者たちに咎められる心配もない。

「追うで」

　鬼蜘蛛が走りだし、弥助が音もなくあとに従った。

　銅鑼が凄まじく打ち鳴らされている。驚いた野鳥が一斉に飛び立った。何百、何千とも知れぬ数だ。羽ばたきの音で、一瞬、銅鑼の音がかき消されたほどであった。

　猟犬が吠えながら走る。枯れ草の中を一目散に走り抜け、彼方の灌木にめがけて躍りかかった。

次の瞬間、「キャイン！」と悲鳴をあげて猟犬が倒れた。犬の首には手裏剣《しゅりけん》が深々と刺さっていた。

（やられた！）

服部庄左衛門は顔をしかめた。よく訓練された忍犬が一匹、仕留められてしまった。だが、その犬の死は無駄ではない。

（あそこか！）

犬が飛び込もうとした灌木の根元に、山忍びが身を潜ませているのに違いない。

庄左衛門も山忍びの塒を発見した。そして逃げた忍びを追って、どうやらこの地に追い詰めたのだ。

枯れた草が風に吹かれてザワザワと鳴っている。灌木は枯葉をすべて落とし、奇怪にねじれた枝を空に広げていた。

庄左衛門は周囲に散った配下の伊賀者たち――今は勢子の扮装をしていたが――に向かって〝取り囲んで押し包め〟と、合図を送った。

伊賀者たちは声もなく、足音もたてずに包囲の輪を狭めていく。手にしているのは鎖鎌《くさりがま》。狩場の邪魔な枯木などを伐り倒すためにも使われる。勢子が手にしていても不自然ではない。

（やれ！）

庄左衛門が片手を降り下ろした。同時に配下の伊賀者たちが一斉に、鎖鎌の分銅を灌木の根元に打ち込んだ。

伊賀者たちは、人間の肉体に分銅を命中させた手応えを感じた。しかし、それでも灌木の根元は静まり返っている。

鍛え抜かれた忍びの戦いは、常に無音で行なわれる。たとえ命を奪われても、悲鳴など、あげるものではない。

庄左衛門はさらに前進を指示した。そのとき、灌木の根元から、鈍く光る手裏剣が放たれてきた。

（ムッ！）

庄左衛門は手にした鎌で打ち払った。一本目は叩き落とし、二本目は、体《たい》を横に投げて避けた。

手裏剣で伊賀組の陣形が乱れた隙に、灌木の根元から黒い影が次々と躍り出てきた。

（七人か）と庄左衛門は見て取った。

七人の敵にめがけて伊賀者が分銅を投げつける。山忍びたちは忍刀で分銅を打ち払った。同時に手裏剣を投げてくる。伊賀者が二人、胸と首筋に手裏剣を受けて、真後ろに倒れた。

先ほどの分銅による一斉攻撃は、山忍びたちにはさほどの効果もなかったらしい。おそらく一人が犠牲となり、すべての分銅を身に受けて、仲間を守ったのに違いなかった。

（さすがは天海配下の忍びだ……！）

この太平の世にあっても、恐ろしいほどに鍛えられている。忍びの矜持と覚悟を忘れてはいない。

庄左衛門は配下の者どもに「シュッ」と叱声で合図を送った。

伊賀組が陣形を変える。前後二列に並び直した。正面に立った列が身体の前で分銅を振り回し、敵の手裏剣を防ぐ。後ろの列が鎖の隙間から手裏剣を投げつけた。

後ろの列が放った手裏剣を、山忍びたちは刀で打ち払おうとした。前列の者たちはすかさず鎖を放って、敵の腕に巻き付けた。

（今だ！）

庄左衛門と後列の忍びが分銅を放つ。凄まじい勢いで飛来してきた分銅を、山忍びたちは振り払うことができない。前列の者に腕を巻き取られているからだ。

分銅が二人の腹を貫いた。腹を抉《えぐ》られた二人は、苦しげに身を折りながら倒れた。

残りの山忍びたちは空中に飛び上がって分銅を避けた。それを見た前列の者が力任せに鎖をたぐり寄せる。足元の覚束《おぼつか》ない山忍びは、腕を引かれて空中でモンドリを打ち、草むらの中に転倒した。

後列の者が鎖を操り、再度、敵が転がっているであろう草むらの中に分銅を打ち込んだ。前列の者がさらに強く鎖をたぐり寄せる。しかし、今度は前列の者たちが尻餅をつきそうになった。いきなり鎖がすっぽ抜けて戻ってきたのだ。

（鎖を抜かれたか！）

縄抜けの要領で、腕の鉄鎖を解いたのに違いない。

草むらが、ザザザザ――と、音をたてた。

（来るぞ！）

咄嗟《とっさ》に庄左衛門はその場から真後ろに跳んだ。

草むらの中を、まるで水中を潜るようにして突進してきた山忍びが、片手で忍刀を突き出してきた。庄左衛門が飛び退いていたために、刀の切っ先は虚しく宙を斬った。

しかし、逃れるのが遅れた伊賀者は、次々と腹を貫かれてしまった。

前列の者、三人が犠牲となった。

（退けッ）

庄左衛門は合図を送る。鎖鎌は、近距離の敵には鎌で対処するのだが、刀が相手では分《ぶ》が悪い。

七名に数を減らした伊賀者は、前を向いて身構えたまま、真後ろに走った。忍びにしか成し得ぬ動きであったが、山忍びたちは執拗に追ってくる。

山忍びが忍刀を振るう。庄左衛門は鎌でガッチリと受けた。同時に鎖を相手の腕に巻き付ける。

鎌の柄に敵の両腕を巻き付けて絞り上げながら足を飛ばし、相手の臑《すね》を蹴り上げつつ腰を入れた。自分の腰に相手の体重をのせ、腕を引いて思い切り投げ飛ばした。

山忍びは背中から地面に投げ落とされた。庄左衛門は飛び掛かり、膝を相手の鳩尾《みぞおち》に入れた。膝で相手の身体を押さえ込みながら、腰の短刀を片手で抜いて、相手の喉を切り裂いた。

「ぐわっ！」

忍びの喉から血潮が噴き出してくる。白目を向いて絶命した。

庄左衛門は敵を倒したが、配下の伊賀者は苦戦を強いられていた。すでに三人が凶刃に倒れ、残るは四人、庄左衛門を含めても五人に数を減らしていた。

（いかん！）

庄左衛門は手裏剣を投げた。戦況不利な配下の一人を助けようとしたのだ。

山忍びは庄左衛門の手裏剣をやすやすとかわした。それで一旦、距離を取ることができた。

庄左衛門は配下を集めて陣形を組み直した。

（恐ろしい敵だ……）

山忍びたちは、ものも言わずに立ちはだかっている。三人倒したので残りは四人。こちらのほうが一人多いが、相手のほうが明らかに手練揃いで、戦況は劣勢だ。

（キリ様に叱られるのも無理はない……）

この伊賀者とて、可能な限りの猛者を揃えたのだが、それでも山忍びには敵《かな》わない。

（大物屋稼業に精を出しすぎたか）

庄左衛門は苦笑いをし、この状況でも笑っていられるおのれの胆力を確かめた。

（さて、どうやって倒したものかな）

相手はこちらよりも強い。ならば相手の精神的な動揺を誘わねばなるまい。

駿河家の勢子たちの声や銅鑼が近づいてくる。

（山忍びは、おのれの姿を見られたくはないはずだ）

いかに手練の忍びであっても、化け物ではない。大名家の軍兵と真っ正面から対したら勝ち目はない。

（勢子は間もなくやってくる。ようし、こちらはじっくりと待ちの構えだ）

分銅で敵を牽制し、寄せつけないように防ぎながら駿河家の家臣たちの到着を待つ。勢子たちが近づいてきたら「ここに曲者がおりまする！」と叫んで知らせるのだ。

（わしらが無理して仕留めんでもええのや）

これはもともと、駿河家の戦いである。駿河家に任せても卑怯とは呼ばれまい。

伊賀者たちは鎖を大きく振り回しはじめた。手裏剣は打ち払い、敵の刀の間合いには踏み込ませない。庄左衛門が予期したとおりに、山忍びたちの顔に焦りの色が浮かびはじめた。

（山忍びめ、逃げるであろうか）

逃げるのならば、その無防備な背中に分銅を叩き込む。庄左衛門はジリッ、ジリッと、前に踏み出した。鬨の声と銅鑼の音がますます大きくなってくる。庄左衛門は勝利を半ば、確信した。

その瞬間であった。

（ムムッ……！）

庄左衛門の勘が、おぞましい強敵の接近を感じ取った。

枯れ草が揺れる。ザ、ザ、ザ、ザ、と、波打ちながら、何かがこちらに突っ込んできた。

それが何なのかはわからない。草の下を走っている。まるで水面下を泳ぐ鮫《さめ》のように凶暴な何かだ。目の前の山忍びたちなどとは桁《けた》の違う、殺気に満ちた何かであった。

(いかん! 散れッ)

庄左衛門は配下に合図を送った。庄左衛門と配下の四人は弾かれたように跳んで、五方向に離れた。

枯れ草が火薬《ひぐすり》で爆発したかのように弾けた。その真ん中から一人の忍びが飛び出してきた。全身を泥で汚している。覆面から出した目の周囲まで真っ黒だ。

「土遁《どとん》の術か!」

庄左衛門は手裏剣を放った。だが〝土遁の忍び〟が抜いた刀で打ち払われてしまった。

「シェッ!」

伊賀者四人は一斉に、土遁の忍びに躍りかかった。鎌の刃で斬りつける。

瞬間、土遁の忍びの身体が、地面に沈んだ——ように見えた。実際には蜘蛛のように平べったく這いつくばって、四人による同時攻撃をよけたのだ。

伊賀者の一人が体勢を崩す。片足の踝《くるぶし》を土遁の忍びに斬り払われたのだ。足を失っては立っていられない。輪切りにされた足首から血を噴きながら倒れた。

土遁の忍びが土煙を上げながら立ち上がった。不意を食らった伊賀者は懐に飛び込まれ、真下から斬り上げられた。

（なんという奇天烈《きてれつ》な剣だ！）

庄左衛門は茫然とする。真下から斬られた伊賀者は、喉と顎を、鼻に至るまで真っ二つにされて倒れた。

頭頂部から斬り下ろされて死ぬ者は多いが、下から顔を斬られて死ぬ者は珍しい。

さらに、土遁の忍びは独楽《こま》のように身体を真横に旋回させた。三人めの伊賀者が下腹部を真横に斬り払われた。

「グワッ！」

深々と裂けた腹部から、桃色の腸《はらわた》が飛び出してくる。成す術《すべ》もなく倒れされてしまった。

ほとんど瞬時に、庄左衛門は三人の配下を失った。

四人めの伊賀者は、仲間三人が犠牲になった隙に逃れた。土遁の忍びも四人を一時に仕留めることはできなかったのだ。

生き残った伊賀者の、覆面から出した目が恐怖に震えている。誇り高き伊賀の忍びとして許されない醜態だが、庄左衛門は、きっと自分も同じような目をしているのだと覚っていた。

（なんという手練の忍びか！）

今の世に、これほどの強者が生き残っていようとは。

（逃げるべきか）

忍びは武士のように名誉を重んじない。勝てぬとわかれば逃げる。

ところがである。土遁の忍びに睨みつけられ、足が一歩も動かないのだ。恐怖で全身が竦んでいる。このままでは斬られる——庄左衛門は直感した。

土遁の忍びが蜘蛛のように這った姿で迫ってきた。庄左衛門は、忍びとしてあるまじきことに、悲鳴をあげそうになっていた。

そのとき、二人のあいだに黒い影が割って入った。

庄左衛門はハッと息を呑んだ。

（波芝様！）

信十郎が土遁の忍びの前に立ちはだかったのだ。

信十郎は刀を抜いた。土遁の忍びと睨み合う。

「波芝様！　その忍びは、地を這う姿勢から刀を斬り上げてまいりまするぞ！　お気をつけめされよ！」

庄左衛門が助言すると、信十郎は土遁の忍びに視線を向けたまま、わずかに頷いた。

信十郎は刀を構え直した。土遁の忍びに合わせるように、膝を深く曲げて腰を落とした。

（だが――）と庄左衛門は思った。この戦いは圧倒的に不利である。

剣術は、自分とほぼ同じ位置に敵の身体があることを前提としている。足元近くの敵を斬るためには、ほぼ真下まで刀を振り下ろさなければならないが、しかし、円弧を描いた刀の軌跡は、真下でほぼ、自分の足元に届いてしまう。前方にいる敵に対しては、刀と腕の長さを合わせた距離で戦えるが、足元の敵は直近まで引き寄せなければ、斬ることができない。

（波芝様は、いかにして戦われるおつもりなのか）

ここは信十郎を庇いつつ、ともに後退したほうが良いのではあるまいか、と考えかけた瞬間、土遁の忍びが蛙のように飛びかかってきた。

信十郎の足首を狙って真横から斬りつけてくる。こんなに低い斬撃を刀で受けることはできない。信十郎は真後ろに跳んで避けた。

すかさず次の一閃が襲いかかってくる。飛び退いて着地する瞬間の、足を狙って斬りつけるのだ。信十郎は低く腰を落として着地しながら、刀を地面に突き刺した。土遁の忍びの斬撃は金属音とともに弾き返された。

(いかん!)

庄左衛門は前に出た。この戦況はいかにもまずい。信十郎が空でも飛べるのであれば別だが、跳んで逃れたあとの、着地の瞬間を狙われつづけたならば、いつかは斬られる。

配下の忍びの最後の一人に合図を送る。横から土遁の忍びを攻撃し、信十郎を援護せよと命じたのだ。

しかし、それを覚った山忍びたちが庄左衛門と伊賀者の前に立ちふさがった。庄左衛門も伊賀者も、信十郎の援護どころではなくなった。自分の身を守るので精一杯だ。

信十郎は足元を執拗に狙う攻撃をかわしつつ、野原を跳ねつづけた。もはや後ろに逃げつづけるしかない。四つん這いの忍びは、そんな格好でも常人が走るとの同じ速さで迫ってきた。

　ついに、敵の刀の切っ先が信十郎の足に届いた。わずかに皮膚を斬られただけだが、信十郎は思わず足を踏み外した。野原に伸びた篠竹《しのたけ》の中に倒れ込んだ。

　すかさず土遁の忍びが襲いかかってくる。信十郎は篠竹の上のほうを摑むと、両足を振り上げて避けた。篠竹の根元がバッサリと斬られる。篠竹と一緒に信十郎も倒れ込み、急いで片手で受け身を取って、半回転しながら着地した。

　愛刀の金剛盛高は失われている。篠竹を握ったとき、手から離れてしまった。

　土遁の忍びが覆面の下で笑ったように見えた。そして、蜘蛛のように這いながら、信十郎に突進してきた。

「ギャッ！」

　次の瞬間、悲鳴をあげたのは、土遁の忍びのほうであった。

「お、おのれッ……！」

　片方の目を、片手で押さえている。その目には、篠竹が突き刺さっていた。

　信十郎は篠竹を竹槍のように使ったのだ。竹の切り口は斜めになっている。即席の槍としては十分な鋭さであった。

「ウオッ」

　土遁の忍びは篠竹を引き抜いた。同時に目玉の孔から、血飛沫《しぶき》と、潰れた眼球が飛び出してきた。

なおも忍びと信十郎が睨み合う。信十郎の手には竹の槍が握られている。竹槍ならば土遁の忍びをいくらでも突き回すことができる。

彼我《ひが》の優劣は一瞬にして逆転した。

勢子たちの鳴らす銅鑼の音が近づいてきた。さらには鬼蜘蛛と弥助が、勢子に扮した伊賀者を連れて駆けつけてくる。

土遁の忍びは「これまで」と覚ったのか、山忍びたちに手で合図を送った。

山忍びと土遁の忍びは、草むらの中に逃げ込んだ。

「あっ、待たんかいッ」

鬼蜘蛛があとを追おうとする。それを信十郎が止めた。

「深追いするな。手強いヤツだ。罠が仕掛けられているかもしれぬ」

「しかしやな……」

「今は、骸を隠すことが先だ」

伊賀者と山忍びの死体がいくつも転がっていた。こんな凄惨な光景を駿河家の家臣たちに見られるわけにはいかない。

「家光殿との暗闘は、駿河家の者にも、知られてはならぬのだ」

表向きには平穏無事な徳川政権を装わねばならない。

信十郎は庄左衛門の安否を確かめた。腕などから血を流しているが、命に関わる傷ではなさそうだ。

庄左衛門は駆けつけてきた伊賀者を指図して、伊賀者と山忍びの区別なく、死体を担がせた。鬼蜘蛛は、鎖鎌や手裏剣などをかき集めている。

「これはまだ使えるやろ。儲けもんや」

などと吝《しわ》い物言いをした。

「行くぞ」

信十郎が走りだす。死体を担いだ一行は、勢子から離れて藪の中に入った。どこか遠い所に穴を掘り、痕跡を残さず埋めるのだ。

墓標もない戒名もない。読経を上げる者もいない。忍びの最期とは、実に虚しいものであった。

三

「どうした、その目は」

天海が土間に平伏した忍びを横目で見ながら質した。

忍びは顔を伏せたまま、無念そうに答えた。

「波芝信十郎めに、我が片目を奪われましてございまする」

天海は唸った。

「またしてもあの者か。隠形鬼は片腕を奪われ、風鬼は討たれ、火鬼は面相を焼かれた。そしてついには土鬼、そなたまでもが手負いにされたか」

「面目次第もございませぬ」

「四鬼と呼ばれて恐れられたそなたたちを次々と退けるとは……」

天海は怖じ気を走らせた様子であったが、土鬼の見ている手前、すぐに顔つきを改めた。

「じゃが、そなたの片目と引き換えにして、十分な勝算を手に入れることができたぞ。これからの戦いは、この江戸と、江戸城内に移る。波芝信十郎めも、江戸城での駆け引きに首を突っ込むことはできまい」

天海は皺だらけの顔を笑ませた。

「忠長が狂したという噂を、もっともっと広めるのじゃ。さすれば上様も、大御所様も、なおざりにはしておけまい。我らが手を下すまでもない。上様と大御所様が駿河大納言を処罰するのだ」

　天海の声が熱狂を帯びる。

「江戸よりの刺客が忠長を殺めれば、必ずやこの世は乱れよう。なれど、将軍家が駿河家を咎めるのであれば、天下万民が納得して受け入れる。世が乱れることもない。それどころか、上様の御威勢は、ますます磐石のものとなろう」

　天海は高笑いをしながら、寛永寺の金堂に戻って行った。

四

　江戸城の西ノ丸には、紅葉山《もみじやま》と呼ばれる一角があった。

　江戸城が築かれた場所は海に面した丘陵地で、江戸城となる以前には紅葉山と呼ばれていたらしい。

　紅葉山に最初に砦を構えたのは太田道灌《おおたどうかん》で、つづいて関東の支配者となった北条家が城を置いた。豊臣政権の攻撃で北条家は滅亡し、江戸城には徳川家が入った。

　家康、秀忠、そして家光の三代にわたる天下普請で、江戸城は日本最大の城塞へと変貌した。しかし、この紅葉山の一帯だけは、手つかずの山林として残された。江戸城内にあって、森閑とした静けさに包まれた紅葉山には、家康の御霊屋《みたまや》が造られ、祥月命日《しょうつきめいにち》には秀忠や家光、幕閣や諸大名たちが参拝した。

その日は雨が降っていた。雨粒が紅葉の葉を打つ音以外は、なんの物音もしなかった。

御霊屋の中は暗かった。陰鬱な雨天であるうえに、窓のすべてが閉ざされている。本殿の奥に蠟燭が灯されているほかには、なんの照明もなかった。

家康は東照大権現——すなわち神として祀られている。御神体は本殿の中に安置され、参拝する者は拝殿と呼ばれる建物に座って拝礼する。

拝殿には常に真新しい青畳が敷かれていた。その畳の上に、秀忠が黙然と座っていた。

拝殿の下座には信十郎がいた。信十郎は深々と頭を下げた。

「駿河での騒擾を防ぐことが叶わず、まことに申し訳なき次第にござる」

秀忠は憮然とした顔つきであったが、その怒りは、信十郎に対して向けられたものではなかった。

「波芝殿に罪はない。面《おもて》を上げてくだされ」

静かな口調でそう言った。

信十郎は「はっ」と応えて顔を上げた。そして秀忠の、ただならぬ面窶《おもやつ》れぶりに驚かされた。

骸骨に薄皮が張りついているかのような面相である。周囲が暗いので、よけいに顔色が悪く見える。ただ座っているだけでも辛そうだ。

「もそっと近ぅ寄ってくだされ」

そう言いかけて、秀忠は、激しく咳き込んでしまった。

信十郎は言われたとおりに膝行し、秀忠に近づいた。その顔つきが深刻そのものだったのだろう。秀忠はその場の空気をほぐそうというのか、

「季節の変わり目なのでな、不覚にも風邪をひいたようじゃ。だが、大事《だいじ》はない」

気丈に振る舞って微笑した。

天下の安寧のため、弱音はけっして吐かず、常に壮健を装っていなければならない。天下人とはこれほどまでに辛い勤めであったのか、と、信十郎は改めて胸をつまらせた。

信十郎が座り直したところで、秀忠が質してきた。

「して、駿河で何が起こったのでござろうか」

信十郎は、駿河で起こった出来事を、我が目で見たとおりに包み隠さず、秀忠に伝えた。

秀忠は激しい衝撃を受けた様子であった。

「な、なんと……！　わしの与《あず》り知らぬところで、そのような……」

わなわなと身を震わせたかと思ったら、またも激しく咳き込んだ。

「大御所様！」

信十郎が急いで身を寄せようとすると、秀忠は「大事ない」と手を振った。咳も間もなく収まった。秀忠は座り直して、懐紙で口許を拭った。

「その件、初めて聞かされた。恥ずかしい話じゃが、柳営内部の何者が策したのかも、わからぬ」

溜め息を吐き出すと、ガックリと肩を落とした。

信十郎も嘆息を漏らしたい気分であった。

(やはり、家光殿の側近衆の差し金……)

秀忠は、蚊帳《かや》の外に置かれている。

(秀忠殿は将軍職を退かれたとはいえ、大御所として天下を治めているはずなのに)

徳川幕府は表向きには、大御所秀忠が天下の為政者であるはずだ。それなのにどうして家光の側近衆は、秀忠の意向を無視して、好き勝手に振る舞っているのか。

（病か……）

信十郎は秀忠の顔貌を見つめた。

（秀忠殿はもはや、天下の舵取りのできるお身体ではない、ということか）

秀忠の病状が重いのを良いことに、家光配下の陰謀家たちが蠢動《しゅんどう》を始めたのかもしれない。

秀忠は窶れた顔を顰めた。

「家光は、忠長のことを、いろいろと悪《あ》し様《ざま》に申してまいった」

「どのように」

「忠長が、小姓や侍女を斬り殺しておるとか――」

「それらの者どもは、駿河に送り込まれた草にございまする。大納言様に害意を抱いて駿河家に潜り込み、何食わぬ顔で勤めていた曲者どもでございました」

「しかし、世人はそうは思っておらぬ。忠長は家臣の命を弊履《へいり》のごとく軽く扱うと……しかも、おのれの手にかけておきながら、その翌朝には、殺した小姓を呼びつけたなどと噂になっておる。まさに狂人の振る舞いではないか」

「大納言様の小姓を討ったのは拙者でござる。大納言様はご自身の小姓が草であったことも、拙者に討たれたこともご存じないのでございまする」

「なぜ、忠長は何も知らされておらぬのだ」

信十郎は、忠長に何も知らせなかったその理由を告げた。

「実の兄上様からお命を狙われている、などと、誰が申せましょう」

「うむ……。家光側近から刺客が放たれたと知れば、忠長のことじゃ、波芝殿が危惧したとおりに、江戸に攻め込んでまいったであろうな」

「大御所様が、一代を賭けて成さんとしておられる太平の世が終わりまする」

秀忠は疲れきった顔つきで頷いた。

「波芝殿のお心遣い、痛み入る」

「有り難きお言葉でござる」

しかしである。何も知らされていなかった忠長が、いつもどおりに快活に振る舞えば振る舞うほどに、忠長の狂気の噂が広まるのだ。

(わしが取った道は、ほんとうにこれで良かったのか)

信十郎も思い悩まずにいられない。

「……駿河の野猿を狩ったそうだな」

秀忠に声をかけられて、信十郎は我に返った。

「ハッ。田畑を荒らす禽獣を狩りましてございまする。百姓衆からの嘆願に、大納言様がお心を動かされての義挙にございまする」

「江戸には、そのようには伝わっておらぬ。忠長が大猿狩りに狂奔しておると……」

「その大猿どもの正体は天海上人が率いる山忍びでございまする。いずれにせよ、表向きには、田畑を荒らす害獣を除くための狩りでございますれば、大納言様の瑕疵《かし》にはなりまするまい」

「なるほど、害獣を除き、百姓どもの憂いをなくしてやることも、領主の大事な務めじゃな」

「御意」

「しかし、これについても、金地院崇伝《こんちいんすうでん》が悪し様に物申してまいった」

金地院崇伝は、家康に仕えた僧侶で、陰謀家としての悪名が高い。豊臣家の菩提寺であった方広寺《ほうこうじ》の鐘に刻まれた文言、『君臣豊楽　国家安康』を、呪いの文字だと曲解し、大坂の陣の開戦の原因を作った男だ。

「金地院が申すには、猿は浅間神社の神獣だとか……」

「なんと？」

「浅間神社の神獣を、駿河国で狩ったとあっては、不敬の誹《そし》りも免れ得ず……」

神獣とは神の使いとされる生き物のことで、八幡神社の鳩、稲荷神社の狐などが有名だ。神社で鳩が飼われているのは、鳩が神獣だからなのである。

信十郎はきっぱりと断言した。

「猿が浅間神社の神獣だ、などという話、これまで一度も聞いたことがござらぬ」

神社の鳩を殺してまわったら、確かに罰当たり者めと誹謗されるに違いない。しかし猿は、浅間神社とはなんの関わりもない。

「どこからそのような妄言が――」

と言いかけて、信十郎は口を閉じた。難癖を言い出したのは金地院崇伝に違いない。

(豊臣家に仕掛けたのと同じ手口で、今度は駿河家を滅ぼそうというのか)

信十郎は激しく憤り、奥歯を嚙み鳴らした。

「金地院は――」

唐突に、秀忠が言った。

「あの男なりに、天下の太平を願っておるのだ」

「しかし、平地に乱を起こそうといたしておるのは明らか！　駿河家五十五万石と、大納言様を潰そうといたしておりまする！」

「かの者が、方広寺の鐘に難癖をつけ、あらぬ妄言を、我が父、家康の耳に吹き込んだのも、豊家をそのままにしておけば、必ずや天下を二分する戦になると信じたからのこと。秀頼公を攻め殺された波芝殿には、徳川方のとんだ言い訳にしか聞こえまいがの……」

「今度は、大納言様が太平の障りになると、かの僧は思っているのですか」

「そのとおりじゃ。金地院はそう思っておる」

秀忠は信十郎を真正面から凝視した。

「忠長の手許には、唐入りのための大軍とキリシタン衆が集まっておる。家光の周囲の者どもは、この大軍を恐れておるのに相違あるまい」

「唐入りは明国救済の大儀ある戦。浪人衆もキリシタン衆も、この日本国には行き場のない者たち。一石二鳥の義挙にございまするぞ」

「家光の側近は、そうは見ていないのだ」

秀忠は嘆息した。

信十郎は息を呑んだ。人前で溜め息をつく秀忠を見たのは初めてだ。秀忠自身、けっしてそのような姿は、他人に見せないように心がけていたはずである。

(秀忠殿は、お心が弱くなっておられる……)

天下の為政者としての、心の梁《はり》が失われたのではあるまいか。

「家光の側近どもが手を伸ばしてくるより先に、忠長と浪人どもと、キリシタンどもを、海の彼方に送るつもりであった……」

秀忠が独り言のように呟いている。

秀忠の策は、立案者であった井上元就の暗殺で大きく遅れ、イスパニアがアユタヤに侵攻したことで頓挫した。

「忠長の手許には今、何十万もの浪人とキリシタンがおる……」

「駿河家の五十五万石を以てすれば、彼らに一時、食を与えることができまするが」

「それがいかんのだ」

秀忠は声を強めた。

「理由もなく浪人どもを抱える駿河家。かつての大坂と似ているとは思わぬか」

大坂の陣は、徳川家の一方的な言いがかりで開戦されたように見られているが、大量の浪人を抱えていた豊臣家側にも非がなかったわけではない。

真田《さなだ》信繁《のぶしげ》（幸村《ゆきむら》）などを筆頭とする関ケ原浪人たちは、豊臣家を神輿《みこし》に担いで徳川家を攻め滅ぼし、大名の地位を取り戻そうと画策していたのだ。秀頼《ひでより》に戦意があろうがなかろうが、放置しておけば必ずや浪人衆が挙兵する。だからこそ先手を打って、徳川家は豊臣家を滅ぼしたのだ。

その二の舞を、知ってか知らずか、忠長は演じようとしている。

信十郎もまた、心の梁が折れようとしていた。

（わしは……あまりにも呑気で、人というものを信じすぎていたのか……）

内心臍《ほぞ》を嚙む信十郎を尻目に、冷徹な政治人間である秀忠は、何事かの決断を下した様子であった。

「浪人どもを追い散らすよりほかにない」

秀忠はそう呟いた。

「忠長の一命を保つためには――否、日本国の安寧のためには、そうするよりほかにない」

秀忠の両目が光っている。信十郎は恐る恐る訊ねた。

「何をなさるおつもりです」

「忠長から駿河一国を取り上げる」

「えっ」

「忠長の領国は、駿河と甲斐の二国。そのうちの駿河を取り上げる。甲斐一国ではとてものこと、大軍を養うことはできまい」

（すると、浪人衆はどうなります）と、思ったのだが、今は浪人たちの行く末など案じてはいられないのだ。秀忠とて、天下の為政者として、浪人の身を案じていないわけがない。人道的に可哀相だということのほかにも、浪人を放置しておくことは危険だからだ。

秀忠は、さらにより深い思案を告げた。

「忠長を駿府より甲府へ移せば、東海道を行き来する西国大名たちとの繋がりを断つこともできるはずじゃ。忠長を担ごうと企んでいるのは、浪人やキリシタンたちばかりではない。西国の外様大名どもも油断ができぬ」

（なるほど、それは良い策だ）と思ったのだが、それを口に出して賛同することは、信十郎にはどうしてもできなかった。

（政《まつりごと》とは、かくも非情なものなのか……）

実の子の忠長を配流《はいる》しようとしているのに等しい。甲府は高い山並みに囲まれた盆地である。信十郎にはその山並みが、牢獄のようにも思えてきた。

「むろんのこと、そのままにはしておかぬ」

秀忠はつづけた。

「浪人どもやキリシタンの扱いが懸案であることに変わりがない。いっとき、忠長を甲府に押し込め、家光側近たちの目を眩ませたあとで、折りを見て、改めて忠長を主将に据えた軍勢を唐入りさせる」

「なるほど、時を稼ぐ策にございまするな」

「そのとおりだ。家光側近たちの魂胆が読めたからには、ますます忠長をこの日本国に置いておくことはできなくなった。わしの目が黒いうちに忠長を逃がしておかねばならぬ」

「大御所様が、家光様とそのご家来を一喝なされればよろしいのではございませぬか」

信十郎は疑念を口にした。

「上様の側近衆を叱りつけ、大納言様への手出しは罷り成らぬと仰せになれば――」

「父ならともかく、わしには無理じゃな」

秀忠の目から光が消えた。やや背中を丸めながらつづけた。

「徳川の家来どもは、我が父、家康に従っておった者たちだ。父は乱世の英雄であった。たしかに父なら、一喝しただけでどんな重臣をも従えることができたであろう。だが、わしは違う。父の後を継いだだけの凡人だ」

「大御所様は天下様でございますぞ」

「わしに叱られて恐れ入るぐらいであれば、最初から我が息子の忠長を狙ったりするものか。たとえ事が露顕しても、この秀忠ならば恐ろしくない――そう呑んでかかっておるからこそ、忠長に魔手を伸ばしてきたのだ」

秀忠は自嘲的に笑った。

「もはや、このわしには、家光とその家来どもを掣肘することはできぬ。このわしが家光側近たちを退けたいと願うならば、それこそ駿河に身を投じ、忠長を先手の将として、江戸に攻め入るしかあるまいよ」

「なんと……」

「波芝殿、政《まつりごと》とはそれほどまでに恐ろしいものなのじゃ。ひとたび政の実権を握れば、たとえ家臣といえども虎になる。主人の喉笛に嚙みつく猛獣となるのだ。我が徳川家はもともとは豊臣家の家来であった。父家康は主君を攻め滅ぼしたのだ。そのこと、お忘れあるな」

信十郎には返す言葉もない。

「将軍の権勢は家光に譲った。家光は将軍の権勢を我が手のみでは支えきれず、家臣たちに委ねたのであろう。その結果がこのざまじゃ」

秀忠の顔色がますます悪くなる。もはや死人のそれと同じだ。

秀忠は力なく笑った。

「まことに大儀でござった、波芝殿。あとのことはわしがなんとかする。アユタヤの戦が鎮まり、明人倭寇が長崎に戻れば、忠長を将とした唐入りの軍兵を送ることができよう。それまでの辛抱じゃ」

信十郎は深々と平伏した。もはや自分にできることは何もない、と、そう感じた。

五

寛永八年（一六三一）三月、幕府は忠長に対して、甲府への蟄居《ちっきょ》と駿河領の公収を命じた。忠長は激怒し、家光に対して直談判に及ばんとして江戸に向かう様子を見せたが、命《めい》を発したのが秀忠と知ると、従容《しょうよう》として甲府に向かったという。

忠長を説得したのは信十郎である。父、秀忠の思いやりと、時を稼ぐための策であることを聞かされて、さしもの忠長も甲府行きを承諾したのであった。

（これで当座の危機は免れた）

信十郎は安堵した。

（あとは、アユタヤの情勢が落ち着くのを待つだけだ）

明人倭寇の大船団が戻ってきたら、即座に事を発する。忠長と浪人たち、キリシタンたちを異国に送る。家光の側近たちが手を回すより先に、事を決しなければならない。

「飛虹ならば、きっと上手くやってくれよう」

唐入りの基地となる長崎は、末次平蔵をはじめとした商人たちが押さえている。幕府に対して面従腹背を決め込む反骨心の持ち主たちだ。

さらに九州には外様大名たちが集まっている。家光側近たちにとっても外様の雄藩はなにかと煙たい。忠長が九州に入り、外様大名たちに庇護されれば、幕府でも容易には手が出せないと思われた。

(前途は明るい)

信十郎はそう信じた。

朝、御座所に座る大御所秀忠の前に、朝餉の膳が並べられた。

徳川将軍の食事はきわめて質素である。贅沢は慎み、戦陣での粗食を偲ぶべし——

という、家康の遺命があったからだ。

将軍職を家光に譲った秀忠は、家康の遺命からも解放され、多少は贅沢な食事を愉しむことができるようになった。魚や卵料理などが並べられている。嗜《たしな》む程度には朝酒も用意されていた。

しかし、秀忠は青黒い顔をして膳を見つめるばかり。箸にはなかなか手を伸ばそうとしなかった。

まったくと言っていいほどに食欲がない。喉がつかえて塞がっている。

秀忠は半年ほど前から胃ノ腑にしこりを感じるようになった。そのしこりは、日増しに大きく、固くなっていくように思えた。

秀忠は若い頃から胃腸の弱い体質であった。将軍となり、気苦労が増し、さらに今度は息子二人の確執で、さらなる心労に悩まされている。

（とてものこと、飯など食えたものではない）

胃の痛みも、夜毎に激しくなっていた。

（なれど、食わねばならぬ）

秀忠は箸を手に取った。食は活力の源である。大御所としての政務を果たすためには、朝にしっかりと食を採り、夕刻までの激務に堪える英気を養わねばならなかった。

（わしは長生きをせねばならぬのだ）

忠長を渡海させ、併せて、巷《ちまた》に溢れる浪人衆とキリシタンの始末もつける。明国救援の戦が一区切りつくまでは、どうあっても生きて、政務を執りつづけなければならない。

秀忠は箸で飯を口に運んだ。強飯をゆっくりと時間をかけて咀嚼する。しかし、唾液が出てこないので、いつまでたっても飯は柔らかくならない。まるで石臼で引いて、粉にしているかのようだ。

仕方なく秀忠は、汁と一緒に飲み下そうした。椀を取って一口するが、なんの味も感じられない。秀忠は苦い薬を飲むような心地で、汁と飯とを飲み下した。

「むぐっ」

秀忠の目が見開かれた。飲み込んだはずの汁と飯が喉を逆流して戻ってきた。

秀忠はしたたかに吐いた。痩せ衰えた身体の、最後に残った体力まで、一緒に吐き出してしまったかのようだ。秀忠はその場に力なく倒れた。

「大御所様ッ」

小姓の悲鳴がずっと遠くから聞こえてくる。すぐ近くにいるはずなのに。

秀忠の意識は、暗い闇の底に吸い込まれていった。

時代小説
二見時代小説文庫

駿河騒乱《するがそうらん》　天下御免《てんかごめん》の信十郎《しんじゅうろう》9

著者　幡《ばん》　大介《だいすけ》

発行所　株式会社　二見書房
東京都千代田区三崎町二―一八―一一
電話　〇三―三五一五―二三一一［営業］
〇三―三五一五―二三一三［編集］
振替　〇〇一七〇―四―二六三九

印刷　株式会社　堀内印刷所
製本　ナショナル製本協同組合

落丁・乱丁本はお取り替えいたします。
定価は、カバーに表示してあります。

 ISBN978－4－576－13059－0
http://www.futami.co.jp/

二見時代小説文庫

幡 大介
- 天下御免の信十郎1～9
- 大江戸三男事件帖1～5

浅黄 斑
- 無茶の勘兵衛日月録1～15
- 八丁堀・地蔵橋留書1

井川 香四郎
- とっくり官兵衛酔夢剣1～3
- 蔦屋でござる1

江宮 隆之
- 十兵衛非情剣1

大久保 智弘
- 御庭番宰領1～7
- 火の砦 上・下

大谷 羊太郎
- 変化侍柳之介1～2

沖田 正午
- 将棋士お香 事件帖1～3
- 陰聞き屋 十兵衛1～2

風野 真知雄
- 大江戸定年組1～7

喜安 幸夫
- はぐれ同心 闇裁き1～9

楠木 誠一郎
- もぐら弦斎手控帳1～3

倉阪鬼一郎
- 小料理のどか屋 人情帖1～7

小杉 健治
- 栄次郎江戸暦1～10

佐々木裕一
- 公家武者 松平信平1～6

武田 櫂太郎
- 五城組裏三家秘帖1～3

辻堂 魁
- 花川戸町自身番日記1～2

花家 圭太郎
- 口入れ屋 人道楽帖1～3

早見 俊
- 目安番こって牛征史郎1～5
- 居眠り同心 影御用1～10

聖 龍人
- 夜逃げ若殿 捕物噺1～7

藤井 邦夫
- 柳橋の弥平次捕物噺1～5

藤水名子
- 女剣士 美涼1～2

牧 秀彦
- 毘沙侍 降魔剣1～4
- 八丁堀 裏十手1～4

松乃 藍
- つなぎの時蔵覚書1～4

森 詠
- 忘れ草秘剣帖1～4
- 剣客相談人1～7

森 真沙子
- 日本橋物語1～10

吉田 雄亮
- 新宿武士道1
- 侠盗五人世直し帖1